# Basaltblitz

## Geburt eines Helden

Markus Tillmanns

www.markustillmanns.de

floriel75@gmail.com

https://www.facebook.com/FantasyBuchWebseite

Das Cover wurde entworfen von
Indra Renovstyawan



ISBN-13: 978-1519209634

ISBN-10: 1519209630

# Inhalt

# 1. Kapitel:

# Komet

Nick hatte eine Scheißangst vor der Dusche.

Er war nur ein schmächtiger, blonder Junge vor dem Tor zur Hölle. Die Hölle, das war die Schwimmhalle. Und darin lauerte die Dusche, die ihn umbringen würde. In der Männer-Umkleide hockte sie und wartete wie ein Schwarm hungriger Piranhas auf seine hilflose Beute. Ihr gieriges Rauschen war bis hier draußen zu hören. In dem Geräusch des herabprasselnden Wassers flüsterte die dämonische Dusche: *Du entkommst mir nicht! - Heute mache ich dich fertig! - Davon erholst du dich nie wieder! ...*

Nick presste den Rucksack vor den Bauch, als hätte er Bauchschmerzen. Wären es doch nur Bauchschmerzen! Aber das Problem saß viel tiefer. Er hielt den Eastpak fest umschlungen, seine Nägel verkrallten sich in den Unterarmen.

Und das Schlimmste: Er konnte sich nicht mal mehr krankmelden.

Um den Problemen zu entgehen, hatte er das so oft getan, dass sein Klassenlehrer Mama zur Schule bestellt hatte. Von dem Gespräch war sie ziemlich wütend nach Hause gekommen. *Du wirst nie wieder blaumachen, hast du mich verstanden? Nie wieder!*

Also litt er nun und sah dem unumstößlichen Untergang entgegen.

Seine Hinrichtung hatte in der Pause begonnen. Er blieb im Klassenraum, obwohl das eigentlich verboten war. Aber er versteckte sich gerne hier vor den anderen. Er war so in Sicherheit und er hatte seinen Frieden. Das Geschrei vom Pausenhof drang nur gedämpft herein und er konnte in aller Ruhe Comics lesen. *Avengers, Iron Man,* oder zur Not auch *Justice League* - wenn ihn niemand störte, schaffte er genau eine Ausgabe bis zum Klingeln.

Doch heute hatte ihn jemand gestört. Sven Fellenberg kam rein.

Er war nicht auf herkömmlichem Weg gezeugt worden. Svens Eltern hatten ihn aus einem Katalog für Unterwäsche-Models ausgeschnitten. Zumindest sah er so aus. Er war einen halben Kopf größer als Nick, braungebrannt und sportlich bis in den letzten Muskel. Nick zuckte zusammen. Sven über den Weg zu laufen, verhieß normalerweise nichts Gutes. Aber jetzt war er ohne seine Leute unterwegs. Er machte keine spöttische Bemerkung und grinste auch nicht. Er guckte Nick nur kurz an und sagte »Hi«.

Nicht *Hi, Arschgesicht.*

Nur *Hi.*

Das war so ungewöhnlich, dass Nick nicht wusste, wie er darauf reagieren sollte. Er zögerte viel zu lange, bis er endlich mit »Hi« antwortete. Nun wirkte es doof.

Sven beachtete ihn gar nicht. Er ging zu seiner Tasche und begann, darin herumzuwühlen.

Nick tat so, als würde er seine Iron-Man-Ausgabe weiterlesen. Verstohlen blickte er alle paar Sekunden hinüber. Sven fummelte in seinen Sachen rum. Wäre Sven nicht Sven und Nick nicht Nick, hätte er einfach fragen können, was der andere da machte. Aber Sven war eben Sven. Sobald man Sven fragte, bekam man eine auf die Fresse. Und Nick war Nick und hatte ständig Angst, eine auf die Fresse zu bekommen.

Wenn er jetzt so darüber nachdachte, hätte er viel lieber eins auf die Fresse bekommen. Das Ergebnis wäre nun eine blutige Nase oder ein blaues Auge. Das würde wieder weggehen. Doch er hatte sich leider keine eingefangen und stand stattdessen hier und wartete. Wartete darauf, dass die Dusche ihn vernichtete.

Sven hatte ihn plötzlich angesehen. Nick versenkte den Kopf im Comic. Scheiße, zu spät!

»Willst du auch mal?«, fragte Sven.

Nick starrte ihn an wie ein Rehkitz in dunkler Nacht die Autoscheinwerfer. Wenn Sven ihn überhaupt mal etwas fragte, dann nur *Bist du schwul, oder was?* Jetzt hielt er eine Tupperdose in der Hand. Und es sah tatsächlich so aus, als ob er ihm den Inhalt anbieten würde.

Nick musste irgendwie reagieren. Schnell, bevor es peinlich wurde. Er schüttelte den Kopf.

Sven zuckte mit den Achseln. Er zog aus einer ganzen Tüte voller Plastiklöffel einen raus. Mit dem spachtelte er eine punktierte Masse aus der Dose in den Mund. Er kaute nicht. Er schloss die Augen und nuckelte sie langsam. Als sie völlig weg war, öffnete er die Augen wieder. »Geil!«

Nick versuchte, sich nichts anmerken zu lassen. Aber er kämpfte mit sich. Das war Sven Fellenberg. Sven, der ihm im letzten Jahr den Rucksack ins Schulklo ausgekippt hat-

te. Sven, der Nicks Unterhose aus der Schwimmtasche genommen und ans Drei-Meter-Brett gehängt hatte. Es gab immer noch Fotos davon auf Facebook. Man konnte deutlich den Spongebob vorne drauf erkennen. Doch es war auch Sven, den alle ganz toll fanden. Jedes Mädchen in der Stufe, das eine Party feierte, fragte zuerst Sven, ob er kommen wollte. Selbst die älteren Mädchen eine Klasse höher rissen sich um ihn. Und die Jungs fraßen ihm aus der Hand. Er hatte normalerweise ständig seine Clique um sich. Wenn Sven sich das neue iPhone kaufte, hatten eine Woche später alle übrigen ebenfalls das neue iPhone.
Stellte er sich mit dem Anführer besser, konnte das ein Ticket raus aus Verarsch-mich-Hausen sein. Die anderen hörten auf Sven. Er bräuchte nur eine Bemerkung zu machen wie: *He, Leute, das ist mein Kumpel Nick*. Und es würde ihn nie wieder jemand belästigen.
Nick kratzte sein bisschen Mut zusammen. »Was hast du denn da?«
»Komet«, sagte Sven. Er schob sich einen Löffel zwischen die Zähne und nuschelte: »Komet - blaue Grütze. Einfach genial.«
»Cool.« Nick wusste, dass das zu wenig war. Er müsste jetzt irgendetwas sagen. Etwas Kluges. Oder etwas Witziges. Damit Sven merkte, dass es sich lohnte, sein Kumpel zu sein. »Die schmeckt bestimmt toll.« Oh, nein! Das war weder klug noch witzig. Das war ein Volltrottel-Satz, mit dem ein Volltrottel praktisch ausrief: *Seht alle her, ich bin ein Volltrottel!*
Sven mahlte auf dem Brei rum. Er schluckte genüsslich. Dann grinste er mit lila Zähnen. »Willst du wirklich nicht probieren?«

»Doch.«

Nick schob den Comic zu den anderen in den Rucksack. Hauptsächlich, um kurz nachdenken zu können, was er jetzt tun sollte. Er durfte auf keinen Fall wieder wie ein Idiot dastehen.

Betont lässig ging er hinüber.

Sven fischte für Nick einen eigenen Löffel aus der Tüte und steckte ihn in die lila-blaue Masse. Nick bediente sich. Das Zeug zerging auf der Zunge. Es war glibbrig-süß und lecker und schmeckte irgendwie nach Beeren.

»Und?«

»Geil!«

Sven boxte ihn vor die Brust, dass man die Rippen krachen hörte. »Weißt du, eigentlich bist du gar nicht so übel.« Und er grinste sein gewinnendes Sven-Fellenberg-Grinsen. Nur ein bisschen violetter.

Das war in der ersten großen Pause gewesen.

In der darauf folgenden Englischstunde hatte es angefangen.

Mr Bendemann fragte Kim Petersen nach dem Present Perfect Progressive. Und Kim strich sich die neckischen braunen Löckchen aus dem Gesicht und antwortete gewohnt souverän. Das PPP werde verwendet für nicht abgeschlossene oder in die Gegenwart fortwirkende Ereignisse oder man könne damit in besonderer Weise die Handlung als solche betonen. Genau da geschah es.

Nick bekam schlagartig einen Steifen.

Er rutschte unruhig hin und her und sah sich um. Er hatte das Gefühl, alle würden es sehen. Aber die Klasse döste während Kims Vortrag vor sich hin.

An Kim lag es nicht. Die fand er nicht halb so scharf wie

Lina. *Oh Gott, jetzt bloß nicht auch noch an Lina denken!*
Nick konzentrierte sich krampfhaft auf das Present Past Progressive. Kim leierte Beispiele herunter. Das war so langweilig, dass man damit kranke Katzen einschläfern konnte. Doch Nicks kleiner Freund wollte sich einfach nicht wieder beruhigen.

Die Englischstunde dehnte sich in alle Ewigkeit. Nick sah ständig auf die Klassenuhr in der Panik, Bendemann würde ihn an die Tafel rufen. Er wartete und betete. Aber es wurde nicht besser. Nach der Stunde blieb er sitzen.

In der Vierten war Erdkunde. Windisch - klein, dick und kahl - neigte zur Hyperaktivität. Heute verteilte er Arbeitsblätter. Wie immer schaltete sein Mund dabei auf Sprechautomatik und er textete ununterbrochen über die bemerkenswerte Zweischichttonmineralienstruktur von Regenwaldböden. Falls man es schaffte, ihm lange genug zuzuhören, konnte man den Lückentext ausfüllen, ohne dass man gelernt haben musste.

Nick kritzelte nervös auf dem Blatt herum und trug von Zeit zu Zeit einen Fachbegriff ein, wenn Windischs Endlosschleife einen ausspuckte. Windisch war nicht das Problem. Den Mann brauchte man nur reden lassen, und er ließ einen in Ruhe. Das Problem war die Fünfte.

Sport.

Die Stunde rückte unaufhaltsam näher. Nick hatte natürlich schon häufiger einen Steifen bekommen. Er konzentrierte sich dann auf etwas anderes und alles beruhigte sich wieder. Diesmal funktionierte es nicht.

Er dachte an Zahnschmerzen, an hässliche Mädchen, an fiese Hautkrankheiten, an Eimer voller Kotze. Es half nichts. Lag es an Sven? Nach der Pause mit Sven hatte es

angefangen. Sicher, er sah gut aus. *Aber ich bin doch nicht schwul oder so*?
Und jetzt stand Nick vor dem Tor zur Hölle.
Er hatte es bis hier geschafft, indem er sich vor, während und nach der Busfahrt den Rucksack vor den Bauch presste. Noch schützte ihn der Eastpak. Nur gleich, in der Umkleide ...
Er konnte sich nicht mehr krankmelden.
Aber wenn er erst in der Umkleide war, war alles zu spät.
Dammrau schloss die Tür auf. Die Frau sah so sportlich aus, wie sich das für eine Sportlehrerin gehörte, obwohl sie ungefähr zweihundert Jahre alt war. Ihr eisgrauer Schopf leuchtete über die Schülerköpfe hinweg.
Die anderen strömten hinein. Nick ging zu Dammrau. Er sagte, er habe seine Schwimmsachen vergessen.
Sie antworte ihm mit einem mitleidigen Lächeln. »Nieländer, für die Nummer kannst du dir ´ne Dümmere suchen. Du *hast* deine Sachen dabei. Und wenn nicht, bekommst du eine von den Reservehosen.«
Nick verstummte.
Mit einer Reservehose lachten einen garantiert alle aus. Nicht dass das heute noch einen Unterschied machen würde. Er war ohnehin nur Millimeter davon entfernt, vor Scham zu sterben.
Er schlurfte in die Umkleide.
Er zog sich ganz in eine Ecke zurück und drehte den Jungen den Rücken zu. Er hasste das Umziehen. Schon unter normalen Umständen machten sich die anderen über ihn lustig. Weil er so dünn war, dass er angeblich jederzeit durchbrechen konnte, nannten sie ihn *Knick*. *He, Knick, sei nicht traurig, mit deiner Mädchenfresse kannst du mir im-*

*mer noch einen lutschen!*

Nick zog sich das Hemd so langsam über den Kopf, wie es nur irgendwie möglich war. Dann kramte er in seiner Tasche, als würde er etwas suchen. Weil ihm nicht Besseres einfiel, nahm er den Ant-Man-Comic raus und blätterte darin. Er nahm die Bilder überhaupt nicht wahr. Er versuchte, Zeit zu schinden. Endlich hörte er, wie der Raum hinter ihm leerer wurde.

Ob er einen Blick riskieren sollte? Nick sah kurz auf. Scheiße, Marcel, Luca und Sven waren noch da! Sven sah in der Badehose aus, wie ein Mann eben aussehen sollte. Und auch Marcel und Luca waren viel kräftiger als Nick. Sie waren breitschultrig mit starken Armen und tellergroßen Händen. Marcel hatte Millionen Sommersprossen auf den muskulösen Unterarmen, bei Luca trat jede Sehne einzeln hervor.

*Hoffentlich bemerken sie mich nicht*. Nick drehte sich mit dem Gesicht zur Wand.

Draußen brüllte Dammrau ihre Namen. Jetzt mussten die Drei doch endlich verschwinden.

Nick legte den Comic neben seinen Rucksack. Sehr umständlich kramte er nach seiner Badehose. Er konnte immer noch Marcels Stimme hören. Wenn die sich unterhielten, würden sie ihn vielleicht gar nicht bemerken.

Dammrau brüllte schon wieder nach ihnen.

Nick zog sich mit einem Ruck Hose und Unterhose gleichzeitig runter. Sein Schwanz hatte sich immer noch nicht beruhigt. Nick fummelte die Hosen über die Füße und warf sie auf die Bank. Er griff nach der Badehose. Kurz bevor seine Finger sie erreichten, fischte Marcel sie ihm weg.

»He, Knick, mit so was geht meine Oma schwimmen!«

Nick drehte sich nicht um. Er zog die Schultern und den Kopf ein. Und er bemühte sich, so normal wie möglich zu klingen. »Gib sie mir wieder.«
»Komm doch und hol sie dir!«
Nick schlang die Arme um sich, als fröre er. Irgendwo hinter ihm musste Sven stehen. *Eigentlich bist du gar nicht so übel*, hatte er gesagt. Wenn Sven sich einschaltete, würde Marcel die Hose sofort zurückgeben. *He, Leute, das ist mein Kumpel Nick*. Das war alles, was er sagen musste. Nick wartete und setzte seine ganze Hoffnung darin.
»Hey, der will seine Badehose überhaupt nicht wieder.« Marcel klang enttäuscht.
Luca lachte auf. »Das ist bestimmt voll so´n Perverser. Guck mal, wie der da steht. Als ob er an die Wand wichsen wollte.«
Und plötzlich packte Marcel Nick am Arm und riss ihn herum.
Nick stand vor ihnen.
Alle drei rissen die Augen auf.
Und Nick stand da. Das Gesicht in Entsetzen erstarrt. Die Arme wie zwei Streichhölzer vor der dürren Brust. Die Beine dünn wie Stelzen, mit dicken Knien in der Mitte. Und darüber das, was sie niemals hätten sehen dürfen.
Vor ihm die drei Erstarrten.
Marcel fing sich als Erster wieder. Seine Lippen verzogen sich zu einem Grinsen, so breit, dass es Zähne und Zahnfleisch bis zum Anschlag entblößte. »Alter, da ist meiner ja doppelt so groß, wenn er hängt!«
Nick stand da wie stumpfsinnig. Seine Mundwinkel waren herabgesunken. Seine Schultern hingen. Seine Hände baumelten haltlos. Nur sein verdammter Schwanz stand noch

immer aufrecht. Winzig. Lächerlich, kaum das Schamhaar hinter sich lassend.
Und endlich sagte Sven etwas. Als Nick seine Stimme hörte, glomm ein letzter Funken Hoffnung in ihm auf. Dass er den beiden verbieten würde zu reden. *He, Leute, niemand darf das je erfahren!* Dass er dafür sorgen würde, dass nichts davon jemals diesen Raum verließ. Sven sagte: »Geil! Wer konnte denn ahnen, dass sich Viagra so lohnen würde.«
Nick sah Sven an. Der feixte. Er krümmte sich vor Lachen. Und Nicks gelähmter Verstand zermahlte grammweise die Bedeutung dieser Worte. Viagra? Blaue Grütze. Svens ungewohnte Spendierfreudigkeit. Und dann die Erektion, die einfach nicht mehr aufhören wollte ...
Plötzlich redeten und lachten alle drei lauthals durcheinander. Beglückwünschten Sven zu seiner Genialität. Ließen Spottnamen auf Nick niederprasseln. Und immer wieder riefen sie *Schrumpfpimmel, Schrumpfpimmel*.
Sie konnten es nicht fassen. Er, der Loser vom ersten Tag an, versagte aber auf wirklich jedem Zentimeter! Und bei *Zentimeter* wieherten sie wieder los. Sie klopften Sven auf die Schulter und lachten, bis ihnen die Köpfe rot anliefen.
»Was ist hier los?«
Plötzlich stand Dammrau in der Tür.
Die Drei fuhren auf dem Absatz herum und unterdrückten das Lachen.
Nick stand nur da. Elend, Haut und Knochen. Dammraus Blick stumpf erwidernd wie ein Schwachsinniger. Das grotesk winzige Glied stehend.
Dammraus Miene versteinerte. Sie sah über alle drei Jungen hinweg und dann Nick an.

»Wir machen nur ein bisschen Spaß«, sagte Sven.
Und während er *ein bisschen* sagte, zeigte er mit Daumen und Zeigefinger hinter dem Rücken einen winzigen Abstand.

# 2. Kapitel:

# Der Werwolf

David Kesslers Schreie wurden immer tierhafter, während ihm die Wolfsschnauze aus dem Gesicht brach. Seine Gliedmaßen stauchten und streckten sich von unsichtbaren Kräften getrieben und auf seiner Haut sprossen Unmengen von Haaren. Mehr und mehr mutierte er zu einem riesigen Wolfsmonster.

Nick schaufelte sich eine Ladung Popcorn in den Mund. Die Verwandlungsszene in *American Werewolf* gehörte zu den coolsten, die er kannte. Aber heute vermochte selbst eines der Lieblings-B-Movies ihn nicht aufzuheitern. Er saß auf der Fernsehcouch seines Zimmers unter der Dachschräge. Den Platz auf seinem Schoß teilten sich eine Schüssel Popcorn und Schnüffkes. Der Rauhaardackel hatte mit dem Werwolf im Fernsehen ungefähr so viel gemeinsam wie Nick mit einem mutigen Mann. Doch Schnüffkes mochte den Film, soweit man das bei einem Dackel sagen konnte. Jedes Mal wenn Wolfsgeheul ertönte, heulte er mit.

Der Rest des Tages war für Nick ein Alptraum gewesen, gegen den der Horrorfilm vor ihm Kindertheater mit Fingerpuppen war. Dammrau ließ ihn ausnahmsweise in der Umkleide sitzen, weil die Erektion immer noch nicht abgeklungen war. Aber es war bereits zu spät. Auf dem Rückweg ins Klassenzimmer konnte er sich gar nicht genug in sich selbst verkriechen, um das Gekicher der Mädchen zu überhören. Natürlich hatten Sven, Marcel und Luca längst begonnen, die Geschichte rumzuerzählen. Und spätestens morgen würde es die ganze Schule wissen. Nick verbrachte die letzten drei Stunden wie im Koma. Die Rückgabe des Bio-Tests, Projektarbeit, Fragerunde, Vortrag von Kim, der Tag zog an ihm vorüber. Als er einmal drangenommen wurde, stammelte er so haltloses Zeug zusammen, dass das Gelächter augenblicklich wieder da war. Als Kettmeyer die Tafel aufklappte, hatte jemand ausladend *Penis* darauf geschrieben. Darunter war ein Glied mit Hoden gemalt. Neben *Penis* stand in der gleichen Schrift *Schrumpfpimmel*. Hierunter war bloß ein Paar Eier.

Alle lachten.

Kettmeyer, war offenbar noch unwissend. Er zog die Halbglatze in nachdenkliche Falten und verdrehte die Hand im grauen Zopf. Dann erklärte er umständlich, dass es aus biologischer Sicht nicht auf die Größe ankomme.

Nick wünschte, er wäre tot.

Seinen Eltern hatte er nichts erzählt.

Besonders Papa merkte schnell, sobald etwas nicht stimmte. Daher hatte Nick sich so rasch wie möglich davongemacht, ohne Misstrauen zu wecken. Nur Schnüffkes hatte er sich anvertraut. Wenn man ihn dabei hinter den Ohren kraulte, war er ein sehr geduldiger Zuhörer.

Danach hatte Nick versucht, den Spiderman-Sammelband weiterzulesen, den er gestern begonnen hatte. Aber er konnte sich einfach nicht darauf konzentrieren. Aus lauter

Verzweiflung hatte er sogar angefangen, Hausaufgaben zu machen. Doch nach einer Weile musste er das Englischbuch beiseitelegen und sich eingestehen, dass er nicht einmal ansatzweise mitbekam, was er da las.
Das Abendessen hatte er unter Mamas heftigem Protest mit aufs Zimmer genommen. Es gab gekochten Selbstekel und frittierte Scham.
Als es endlich dunkel genug geworden war, um einen anständigen Gruselfilm zu schauen, hatte Nick *American Werewolf* gestartet.
Und jetzt realisierte er, dass selbst einer seiner Lieblingsfilme ihn kaum erreichte.
David hatte inzwischen eingesehen, dass er ein Werwolf war. Natürlich nützte ihm das nichts, weil die letzte Verwandlung bereits eingesetzt hatte. Die Bestie zog mordend durch London, während die Polizei anrückte. Das Finale des Films hatte Nick nie sonderlich gut gefallen. Die Polizisten erschossen den Werwolf, obwohl nicht einer von ihnen eine Silberkugel hatte. Aber heute machte Nick der näher rückende Tod von David besonders wütend. Was wollten sie denn alle von ihm? Er konnte doch nichts dafür. Sie kesselten ihn in dieser Sackgasse ein, bis er überhaupt keinen Ausweg mehr hatte. Und dann gingen sie mit den Pistolen auf ihn los. Am Ende würden die Leute ganz erstaunt sein, dass ein toter Junge auf dem Boden lag.
Warum durfte der Film nicht einen coolen Abschluss haben?
*David könnte sich in der Sackgasse umdrehen und die Polizisten ins Visier nehmen. Die schießen wie verrückt, obwohl sie in der Überzahl sind. Nur dass sämtliche Kugeln von*

*Werwolf-David abprallten, weil ein echter Werwolf natürlich ohne Silber nicht zu besiegen ist. Dafür wird er wegen des Geballers aber mächtig wütend. Er rennt auf die Polizisten zu, während sein Fell alles abwehrt und die Querschläger durch die Gasse pfeifen. Und dann räumt David unter den Typen mal so richtig auf. Köpfe würden fliegen und Knochen krachend durchgebissen.*

Bis endlich Ruhe war.

Nick schob sich eine neue Ladung Popcorn in den Mund und kaute darauf härter als nötig.

Der Film näherte sich jetzt tatsächlich dem Ende. Nick erwog kurz abzuschalten, um sich den unschönen Anblick zu ersparen. Aus Trägheit blieb er doch sitzen und sah weiter.

Das Unvermeidliche nahm seinen Lauf.

Die Polizei trieb David in die Gasse.

Nick grabschte wieder in die Schüssel.

Der nervöse junge Polizist schoss wie immer als Erster. Die anderen ballerten wie wild hinterher. Nick zog eine Miene, als ob jeder einzelne Schuss ihn träfe, und hob die Hand mit dem Popcorn.

Der Werwolf brüllte laut.

Die Kugeln prallten von seinem Fell ab.

Nick fiel das Popcorn runter.

Selbst Schnüffkes schien zu merken, dass etwas nicht stimmte. Statt nach dem fallenden Essen zu schnappen, hatte er den Kopf in Habachtstellung gehoben.

Monster-David griff die Polizisten an. Es wurde ein fürchterliches Gemetzel. Man hörte die Knochen krachen, während das Bild sich immer röter färbte. Es erwischte einen Gegner nach dem anderen.

Am Ende zeigte die Kamera Werwolf-David groß in Sieger-

pose. Es folgte der Abspann.
Nick blinzelte.
Was war denn das?
War er so durch den Wind, dass er nun schon halluzinierte? Wenn seine Fantasie ihm vorgaukelte, was er am liebsten sehen wollte, dann hätte sie das besser heute früh tun sollen. Da hatte er sich tausend Mal fortgewünscht und trotzdem alles mit ansehen müssen. Und jetzt bog sie ihm den blöden Film um.
Ach, Quatsch! Das war bloß ein Zufall. Bestimmt war das der Director´s Cut gewesen. Oder irgendeine selten gezeigte Fassung. Vielleicht hatten sich noch mehr Fans beschwert und das Ende war nachträglich neu gedreht worden.
Nick war gerade so weit, das Ganze als Merkwürdigkeit abzutun, da jaulte Schnüffkes plötzlich herzzerreißend auf. Den gequälten Ton hatte Nick bisher nur ein einziges Mal von ihm gehört: vor zwei Jahren, als er ihm beim Kistenschleppen auf den Schwanz getreten war.
»Was hast du denn?« Er beugte sich vor, um dem Dackel ins Gesicht sehen zu können, da sprang Schnüffkes vom Schoß. Mit einer Geschwindigkeit, die man den kurzen Beinchen niemals zugetraut hätte, flitzte er davon. Das furchtbare Heulen verschwand die Treppe hinunter.
Plötzlich wurde es taghell. Der ganze Raum erstrahlte in gleißendem Licht.
Und dann, zwei Sekunden später, unvorstellbar laut. Als ob ein Düsenflugzeug über dem Haus abstürzte.
Nick lief zum Dachfenster. Popcorn perlte von ihm ab.
Er kniff die Augen zusammen. *Scheiße, ist das grell!* Ihr Garten mit den Birken am Ende und die umliegenden Häu-

ser waren in ein gespenstisches Flimmern getaucht. Es schien irgendwo aus dem Himmel zu kommen. Trotz des Lärms öffnete Nick das Fenster und schob den Kopf hinaus. Er drehte sich nach oben. Da raste etwas direkt über ihr Hausdach hinweg. Es strahlte wie verrückt, nur mittendrin war für einen winzigen Augenblick ein fester Schatten zu sehen. Dann war es vorbeigezischt und verschwand hinter einer Häuserzeile. Man hörte ein Donnern. Vielfaches Echo. Einige Dachziegel rutschten herunter.
Schlagartig wurde es dunkel.
Nicks Augen tränten. Er sah sein eigenes Zimmer nicht mehr. Nur noch bunte Sterne tanzen. Was zur Hölle war das? Ein Flugzeugabsturz? Der finale Angriff der Marsianer?
Jemand stürmte ins Dachgeschoss.
»Nick, alles in Ordnung?« Mamas Stimme war viel schriller als sonst. Und er konnte sie weiterhin nicht sehen.
»Ich schätze schon.«
»Weinst du?«
Jetzt erkannte er sie zumindest als dunklen Umriss. Die Silhouette rauschte auf ihn zu.
»Ich ... nein. Es ist nur, ich habe gerade aus dem Fenster gesehen, als es vorbeiflog. Und es war ziemlich hell.« Er schielte sie an. Schwer zu sagen, ob er ihre Besorgnis sah, oder bloß ahnte.
Dann setzten die Feuerwehrsirenen ein.
»Das Ding ist hier ganz in der Nähe runtergekommen. Lass uns rüberlaufen und nachgucken, was es ist!«
Aus schwarzem Nebel schälten sich langsam Mutters Züge heraus. Sie hatte die gleichen blonden Haare wie er, nur dass in ihren auf einer Seite Lockenwickler steckten. Und

zwischen den Haaren war ziemlich viel Skepsis. »Auf keinen Fall! Wir sind nicht irgendwelche von diesen Spinnern, die am Unfallort rumstehen und gaffen. Und dabei die Rettungsarbeiten behindern.«
»Aber Mama!«
»Auf keinen Fall.«
Den Tonfall kannte er. Der war unumstößlich. Wäre seine Mutter damals im Stab von Hitler gewesen, sie hätte gesagt: *Auf keinen Fall! Ein Zweiter Weltkrieg kommt mir nicht ins Haus. All die Toten und dann der Dreck! Das können Sie vergessen!* Und danach hätte Hitler eben stattdessen Briefmarken sammeln müssen oder so. Was immer die Leute gemacht hatten, bevor es Internet gab.
»Du kannst morgen in der Zeitung lesen, was passiert ist.«
»Das steht ja sowieso noch nicht drin.«
»Sonst liest du es erst übermorgen. Oder schaust fern. Es ist spät und du musst früh zur Schule. Jungs in dem Alter brauchen ausreichend Schlaf.«
»Ich kann doch jetzt nicht schlafen! Uns wäre beinahe ein Jumbo-Jet ins Haus gekracht.«
Das schien sie zumindest zu erschüttern. Für einen Moment verstummte sie. Als sie wieder sprach, konnte er deutlich hören, dass sie nur mühsam gefasst war. »Dann lies noch eine halbe Stunde in deinen Heftchen. Aber danach ist Schluss.«
Sie wünschte ihm eine gute Nacht, nicht ohne zu erwähnen, dass sie in fünfunddreißig Minuten kontrollieren würde, ob er im Bett war.
Darauf rauschte sie ab.
Er hatte ihr eine halbe Stunde abgerungen. Seiner Mutter! Es gingen wirklich sehr merkwürdige Dinge vor.

Nick lief zurück zum Fenster und sah hinaus. Seine Augen funktionierten wieder halbwegs. Direkt hinter dem Garten war nicht viel zu erkennen. Hier grenzten nur Weide- und Waldland an. Die Wolkenkratzer der Innenstadt von Heropolis lagen auf der anderen Seite. Doch wenn Nick nach links sah, hatte er einen guten Blick in die Vorstadt-Siedlung hinein.

Es war kein Feuer zu sehen. Und ebenso keine Feuerwehr. Dennoch musste sie ganz in der Nähe sein. Man sah die Hausdächer rhythmisch blau aufleuchten. In den umliegenden Häusern war überall das Licht angegangen. Einige Haustüren standen offen und die Leute redeten davor in hastig übergeworfenen Mänteln.

Na, toll. Die konnten natürlich raus. Aber deren Mutter war ja auch nicht die Amme von Stalin.

Nick versuchte zu hören, was die Nachbarn sprachen. Leider schnappte er nur Fetzen auf, die unverständlich blieben.

Einmal im Leben geschah etwas direkt hinter ihrem Haus und er durfte nicht nachsehen.

Vielleicht sollte er sich nach Mamas Kontrollgang rausschleichen? Hm, das war eine blöde Idee. Das Schlafzimmer seiner Eltern lag am Fuß der Treppe. Und Mama konnte ihm jeden Morgen genau aufzählen, wie oft er in der Nacht auf dem Klo gewesen war.

Wenn sie ihn erwischte, wie er gegen ihr ausdrückliches Verbot verstieß - er würde einen Hausarrest bekommen, für den man noch seine Beerdigung aufschieben musste. *Nein, Herr Bestattungsunternehmer, lassen Sie den Sarg hier, der Junge hat Hausarrest!*

Er hatte eine halbe Stunde Zeit rausgeschlagen. Das war

mehr als er sonst je hoffen durfte. Er sollte damit zufrieden sein.
Nick putzte sich die Zähne und schlüpfte in den Schlafanzug. Es waren noch einundzwanzig Minuten übrig. Er verbrachte sie mit den Armen aufs Fensterbrett gestützt in die Nacht schauend. Beobachtete das blaue Pulsieren und dachte nach.
Über UFOs, über Ungerechtigkeit und darüber, ob man eigentlich vor Scham sterben konnte.

# 3. Kapitel:

# Der Schokotrüffel

Noch nie hatte sich Nick so gewundert, kein UFO zu sehen. Während er im Chemie-Raum wartete, scrollte er seine Nachrichten-App rauf und runter. Die App wurde alle paar Minuten aktualisiert. Und trotzdem stand da nichts von den Ereignissen letzter Nacht. Kein UFO. Kein Flugzeugabsturz. Nicht einmal ein Bericht über Lichtphänomene zu später Stunde. Es war, als wäre es überhaupt nicht passiert.
Dabei gab es Dutzende Zeugen! Die Feuerwehr war ausgerückt. Und die Nachbarn konnten den Einschlag unmöglich überhört haben. In ihrer kleinen Vorstadtsiedlung verbreiteten sich solche Neuigkeiten sehr schnell. Für gewöhnlich stürzten sich Journalisten nur so darauf. Und wurden Flugzeuge und so weiter nicht auch vom Radar erfasst? Es musste doch auffallen, wenn irgendwo eins fehlte. Oder, wenn eines zu viel unterwegs war.
Aber das Internet war wie leergefegt.
Vielleicht sollte er nach der Schule mal durch die Nachbarschaft streifen. Der Einschlagsort müsste leicht zu finden sein. So wie es gekracht hatte, klaffte da ein ordentlicher Krater oder ein Loch in der Hauswand.

Ein Papierkügelchen traf Nick im Nacken. »He, Knick, hast du eine Webseite über Penisverlängerungen entdeckt?« Gelächter hinter ihm. Mitschüler drehten sich um und grinsten.

Nick sah sich hilfesuchend nach Schimpf um. Aber der steckte immer noch im Nebenraum und bereitete irgendein Experiment vor. Wenn es zu laut wurde, kam er rübergelaufen und spuckte Pest und Galle. Die vielen geplatzten Äderchen um seine Nase und den schwarzen Vollbart leuchteten dann feuerrot. Ansonsten blieb die Klasse sich selbst überlassen.

Also sah Nick ins Handy und tat so, als habe er nichts gehört.

Das Ergebnis war eine Flut weiterer Papierkügelchen, die auf ihn einprasselten. Einige davon fühlten sich an, als wären sie vorher angefeuchtet worden.

»Lasst ihn doch mal in Ruhe!« Nele klang ehrlich empört.

»Ey, Nelli ist geil auf Knick.«

»Was will sie denn von dem?«

»Vielleicht steht sie auf Schrumpfpimmel.«

Marcel und Luca lachten.

Nick wünschte, Nele hätte nichts gesagt. Sie war ein nettes Mädchen mit Sommersprossen und schwarz geschminkten Augen. Und sie beteiligte sich nie, wenn die anderen ihn quälten. Doch nun, da sie sich einmischte, machte sie alles nur noch schlimmer.

Das war der Moment, in dem der Neue hereinkam.

Er tauchte auf einmal vor der Tafel auf wie ein zu jung geratener Lehrer. Er sah sich um, als würde er etwas suchen. Und er hatte Haare. Hauptsächlich auf dem Kopf, aber auch auf den Unterarmen, die aus dem Hemd rausguckten.

Auf dem Kopf waren ungefähr zwölf Milliarden Haare. Und sie standen in etwa dreizehn Milliarden verschiedene Richtungen ab. »Äh, seid Ihr die Klasse vom Windisch?«
Drei Mädchen riefen »ja« und kicherten.
»Ah, oh.« Der Neue nahm eine Tasche mit Schultergurt ab und deponierte sie auf dem Pult. Er sah den Lehrerstuhl und die Tafel an. Man konnte förmlich in seinem Gesicht ablesen, wie er allmählich begriff, dass das nicht sein Platz war. Er fuhr sich mit den Händen durch die Haare und legte die Tasche wieder um. »Habt ihr keinen Lehrer?«
Eine Flut von Zurufen antwortete ihm. Von *Brauchen wir nicht,* über *Lehrer kriegen wir erst nächstes Schuljahr* bis zu *Der versteckt sich vor uns auf dem Lehrerklo.*
Am Ende flötete Melissa mit anzüglicher Pose: »Bring du uns doch was bei!«
Gelächter. Trommeln auf den Tischen.
Der Neue hörte sich das alles an und wirkte derweil leicht abwesend. Schließlich erwiderte er: »witzig, okay.« Es klang, als mache er Häkchen auf einer Liste. Er suchte mit den Augen die Reihen ab. »Habt ihr keine ...? Wo kann man denn hier sitzen?«
Die Frage brandete gegen eine Mauer aus Schweigen an. Im Chemieraum saß jeder neben seinen Freunden. Niemand wollte den komischen Fremden dazwischen haben.
Der schien zu merken, dass seine zukünftige Klasse ihn hängen ließ. Er fuhr sich wieder durch die Haare und hoffte da auf Halt. Und dabei sah Nick einen kleinen Ring aufblitzen.
Plötzlich tat er etwas, was er noch nie getan hatte. Er stand auf und rief laut: »Hier ist ein Platz frei.«
Der Neue kreiste mit den Augen, bis er den Rufer gefun-

den hatte. Dann machte er sich auf den Weg. Neben Nick war die ganze Bank unbesetzt, an die normalerweise bis zu drei weitere Schüler passten. Aber, naja, da wollte eben niemand sitzen.
Jetzt erschien der Fremde vor Nick. Er war einen halben Kopf größer. »Hi. Ich bin Bruce.« Er gab Nick die Tasche. Der hatte keinen Schimmer, was er damit anfangen sollte. Er setzte sich und legte sie auf dem Boden ab.
Der Neue fiel auf seinen Stuhl und sah erleichtert aus.
»Du heißt echt Bruce?«
»Wie? Ja.«
»Bruce wie in Bruce Banner - *der Hulk*?«
»Bruce wie in Bruce Wayne.«
Und nach einer Sekunde sagten sie gleichzeitig »Batman!«
Beide grinsten.
Nick schüttelte den Kopf. »Niemand heißt Bruce.«
Der Neue kratzte sich an der Schläfe. »Doch: Bruce Banner, Bruce Wayne ...«
»Niemand, den es *wirklich* gibt. Ist das ein Spitzname? Kommst du aus den USA?«
Der Neue winkte ab, ohne dass klar wurde, welche der Fragen er meinte. »An meiner alten Schule hat man mich *Be* genannt.«
»Ah, cool.« Nick blickte auf Bes Hand. Auf brauner Haut glitzerte ein Ring in Metallic-Grün. »Du trägst den Green-Lantern-Ring?«
»Äh, ja.« Er zog die Nase hoch. »Ist das blöd?«
»Nein, das ist stark.«
Sie sahen sich einen Augenblick lang an. Dann sagten sie gleichzeitig:
»Am strahlendsten Tag, in finsterster Nacht,

entgeht nichts Böses meiner Wacht!
Und wer da achtet das Gute nicht,
soll zittern vor Green Lanterns Licht!«

Be zeigte mit dem Finger auf Nicks Brust und lächelte. Nick fasste automatisch hin, weil er fürchtete, da könnte vielleicht ein peinlicher Fleck oder so was sein. Da wurde ihm klar, dass das Bes Art war, *Du bist okay*, zu sagen. Er wollte erwidern, dass Be auch okay war. Aber irgendwie fand er nicht die richtigen Worte.

»Schau sich das einer an«, sagte Marcel in der Reihe dahinter. »Der Schwachkopf hat noch einen Schwachkopf gefunden, mit dem er sich seine Gehirnzelle teilen kann. Dafür gibt es ein paar Extra-Ladungen.«

Papierkügelchen flogen ihnen in den Nacken. Ein besonders Feuchtes blieb knapp unter Bes Haaransatz kleben.

Nicks Lächeln verblasste. »War vielleicht doch ein Fehler, sich zu mir zu setzen. Tut mir leid.«

Be guckte erstaunt. »Wieso?« Er hatte zwei weiße Kügelchen in den Haaren.

Nick zog den Kopf ein, um wenigstens einige Treffer zu vermeiden. Es war nur eine Frage der Zeit, bis Be merkte, dass er sich neben den größten Looser gesetzt hatte. Und Nick hatte Angst, dass Be ihn dann nicht mehr mögen würde.

Fürs Erste rettete Schimpf Nick.

Er kam zurück mit einem kleinen Wägelchen, auf dem er allerhand Apparaturen aufgebaut hatte. Er fummelte scheinbar abwesend daran herum. Aber die Klasse wusste es besser. Schimpf lebte dafür, Schüler plattzumachen. Er tat so, als bemerke er nichts. Wurstelte vor sich hin und wartete, bis das Opfer unvorsichtig wurde. Und sobald

sich jemand zu einer übermütigen Tat hinreißen ließ, schlug er zu.
Marcel, Luca und Sven stellten ihr Geschützfeuer ein und verlegten sich aufs Flüstern von Gemeinheiten. Nick versuchte, sie zu ignorieren.
Er griff zum Handy und schloss die App. Dann steckte er das Gerät in die Tasche.
»Du interessierst dich für Politik?«
Nick zuckte zusammen, weil Be überhaupt nicht leise redete. Ein rascher Blick zu Schimpf zeigte einen Lehrer, der augenscheinlich ganz mit der Bedienfläche des Gaschromatographen beschäftigt war.
»Nein«, flüsterte er, während er Schimpf im Auge behielt. »Ich habe nur was über den Absturz letzte Nacht gesucht.«
Da Schimpf keine Reaktion zu erkennen gab, fügte Nick noch hinzu: »Da ist nämlich ein Flugzeug oder so runtergekommen.« Er glaubte eigentlich nicht, dass es ein Flugzeug war. Aber wenn er *UFO* sagte, hielt Be ihn für bekloppt.
Der kratzte sich am Kopf. Er merkte nicht, dass eines der Papierkügelchen sich in Bewegung setzte, auf seiner Schulter auftitschte und dann zu Boden fiel. »Das war kein Flugzeug«, stellte er fest.
Nick sah ihn von der Seite an. Ob er es auch gesehen hatte?
»Das war ein Komet. Ist ziemlich schnell abgeschmiert. Also eher ein Dings, ein Meteorit.«
Be sprach immer noch kein bisschen leiser. Aber Nick vergaß Schimpf nun völlig. »Woher weißt du das?«
»Weil das Teil mitten in unseren Garten gekracht ist.«
»Du verarschst mich!«

Be warf ihm einen merkwürdigen Blick zu. »Und wenn nicht?«
Nick fiel auf, dass Bes Gesicht ganz arglos war. Es war zwar ziemlich schwierig dahinterzukommen, was er dachte, doch er war genau der Typ, dem man ohne Bedenken etwas an der Haustür abkaufen würde. Andererseits: Falls das wahr sein sollte, müsste er dann jetzt nicht im Fernsehen Interviews geben oder so? Ein Rest Misstrauen blieb. »Kannst du das beweisen?«
»Klar.« Be begann, in seiner Tasche zu kramen.
»Ach«, sagte Nick, »und nun willst du mir auch noch weismachen, du hättest ihn mitgebracht?«
»Nein«, antwortete Be ganz ruhig. »Ich habe nur ein Stück davon abgebrochen.«
Er legte etwas auf dem Tisch ab.
Nick ging näher ran, bis er es fast mit der Nase berührte. »Das ist kein Komet. Das ist ein Schokotrüffel.«
»Ich weiß«, erwiderte Be zerstreut. »Möchtest du einen?«
»Den kriege ich als Schadensersatz, weil du mich verarschst.«
Be wühlte sich tief in die Tasche. Man sah nur noch Haare wüst herausquellen. Dann tauchte er mit triumphierendem Ausdruck wieder auf. »Da!«
Er legte einen Stein von Tischtennisballgröße auf den Tisch. Er war ganz schwarz und glänzte. Seine Oberfläche hatte eine merkwürdige Struktur, die ein wenig an Bienenwaben erinnerte.
»Wow!«, machte Nick. Jetzt war er sich sicher, dass er nicht belogen wurde. Dieses Ding war der Hammer! Wenn man sich vorstellte, dass es irgendwo aus der Weite des Weltraums kam ... Wer weiß, durch welche fremden Galaxien es

geflogen war? Vielleicht sahen es dort Außerirdische, während sie mit ihren Raumschiffen vorbeidüsten.
»Falls du willst, zeige ich dir den Rest nach der Schule in unserem Garten. Ist ein absonderliches Teil.«
Und ob Nick wollte! »Ja, ja!« Er hatte Mühe, beim Flüstern zu bleiben.
»An einer Stelle sieht es so aus, als ob jemand ...«
»Wen haben wir denn da?«
Plötzlich stand Schimpf vor ihnen. Er lächelte böse. Über die Jahre waren seine Augen durch wachsendes Misstrauen immer enger zusammengerückt. Noch höchstens zwei, drei nervige Klassen und er hätte ein einziges, großes Auge.
Be stand auf. »Ich bin Bruce Darrell. Sehr angenehm, Herr Windisch.«
»Ich heiße Schimpf«, sagte Schimpf mit einem Zucken im Gesicht. »Du bist also der Neue. Ich weiß, *warum* du deine alte Schule verlassen musstest.«
Be kratzte sich am Kopf. Die Haare gerieten alle in Bewegung, als führten sie ein Eigenleben.
»So etwas wirst du dir hier nicht erlauben«, antwortete Schimpf. »Und damit du erst gar nicht auf die Idee kommst, Unsinn anzustellen, bleibst du heute eine Stunde länger zum Nachsitzen.«
Nick wollte protestieren, aber Schimpfs Blick traf ihn kurz und vernichtend.
Be sah auf einen Fleck irgendwo neben Schimpf. »Ah, Nachsitzen. Okay.« Es wirkte nicht so, als ob ihn die Botschaft erreicht hätte.
Schimpf schien das Gleiche zu bemerken. Er sah missmutig aus, weil keine angemessene Reaktion erfolgte. Norma-

lerweise war er Angst und Ärger gewohnt. Richtig glücklich wurde er nur, wenn man weinte. Er musterte Be von oben bis unten, offenbar in dem Versuch, einen Grund für eine weitere Strafe zu finden. »Und kämme dich gefälligst mal!«

Be strich sich mit beiden Händen die Haare glatt. Sie sprangen sofort zurück in sämtliche Richtungen. Der einzige Effekt war, dass das letzte verbliebene Papierkügelchen herausfiel.

Schimpf gab einen verächtlichen Laut von sich, der klang wie *Wusste ich´s doch, es ist genetisch*. Dann trabte er endlich ab.

Er begann, seinen Versuchsaufbau zu erläutern. Be setzte sich wieder und alle packten ihre Schreibsachen aus, weil Schimpf erwartete, dass man mitschrieb.

Nick war wütend. Eine Stunde Nachsitzen für ein bisschen Reden. Und das, obwohl Schimpf sowieso keinen Unterricht gemacht hatte. Das Allerschlimmste aber war, dass Be, da er nun länger bleiben musste, ihn nicht zum Kometen führen konnte.

Nick fischte ruppig das Heft aus dem Rucksack, während er sich mit der anderen Hand den Schokotrüffel in den Mund schob.

Wenn dieser bescheuerte Schimpf nicht ...

Oh ...

Oh ...

Oh, Wahnsinn ...

Nick lehnte sich zurück und schloss die Augen. Das war der gigantischste, fantastischste, unglaublichste Schokotrüffel, den er je gegessen hatte. Die Schokolade zerschmolz auf der Zunge. Sie war so süß. Und kakaocremig.

Und göttlich! Ihm lief das Wasser im Mund zusammen, als hätte er eine dreiwöchige Wüstenwanderung hinter sich. Er träumte einen Traum von Schoko. Am Rande merkte er, dass er leise seufzte. Dann schluckte er.
Und der wunderbare Geschmack war nur mehr Erinnerung.
Nick öffnete die Augen wieder.
Er musste unbedingt fragen, wo es die Dinger zu kaufen gab!
Da fiel ihm etwas Seltsames auf. Auf dem Tisch vor ihm lag noch immer genau an der gleichen Stelle wie zuvor - der Schokotrüffel.
Nur der Komet war verschwunden.

# 4. Kapitel

# Teichmän

Wollte er eigentlich den Kometen oder Be sehen?
Nick hatte reichlich Zeit, über die Frage nachzudenken. Er saß im Geäst der mächtigen Eiche vor dem Schultor und ließ die Beine baumeln. Sven und seine Clique würden ihn in diesem Versteck nicht entdecken. Er war hauptsächlich deswegen raufgeklettert. Seitdem die letzte Stunde vorbei war, beobachtete er von dem Posten aus den Eingang. Anfangs strömten Massen von Schülern raus. Die Kleinen jubelnd, die Älteren mit der ihrer Reife angemessenen Coolness. Aber seit etwa zwanzig Minuten tröpfelten nur noch Einzelne durch das Tor. Nachsitzer, überengagierte Klassenputzer oder junge Träumerles, die ihr Leben in Zeitlupe verbrachten.
Nick wartete auf Be, den Nachsitzer. *Ob ich auch hier sitzen und warten würde, wenn Be keinen Kometen im Garten hätte?* Vermutlich ja. Der Neue schien nett zu sein. Und Nick hatte zuletzt auf der Grundschule Freunde gehabt. Zwei davon begleiteten ihn in die fünfte Klasse. Doch da tauchten Sven und seine Leute auf. Schon bald wollte niemand mehr etwas mit Nick zu tun haben. Sobald Be erst einmal mit den neuen Mitschülern sprach, fand er sicher rasch

Anschluss. Und dann war er für Nick verloren. Es kam daher darauf an, schnell zu sein. Nick musste sich mit Be anfreunden, bevor Sven oder sonst wer ihn sich wegschnappte. So gesehen war das Nachsitzen gar nicht so schlecht. Hätte Be gleichzeitig mit den anderen Schulschluss, wären sie zusammen nach Hause gegangen. Sven hätte von dem coolen Playstation-Spielen und dem Riesenbildschirm erzählt. Und von dem Bier im Kühlschrank. Sein Vater sagte nichts, wenn er sich bediente. Be ging also bestimmt mit und wechselte auf die dunkle Seite der Macht.

Das würde Nick auf keinen Fall zulassen!

Außerdem wollte er sich noch bei Be entschuldigen. Nick wusste zwar nicht genau, wofür, aber es war sehr wichtig, dass er Be nicht verärgerte. Und Be war womöglich sauer. Immerhin war sein Kometenstück plötzlich verschwunden. Be schwor Stein und Bein, dass er keine zwei Schokotrüffel auf den Tisch gelegt hatte. Und Nick schwor kein bisschen weniger überzeugt, dass er einen Schokotrüffel und keinen Kometen gegessen hatte.

Am besten entschuldigte er sich einfach trotzdem.

Inzwischen war mehr als eine Dreiviertelstunde um und Be tauchte nicht auf. Die Schule hatte noch zwei weitere Ausgänge. Sofern Be einen davon genommen hatte, war es völlig sinnlos, dass Nick längst Holzwürmer im Hintern fühlte. Er hatte sich vor diesem Tor auf die Lauer gelegt, weil das hier sein eigener Schulweg war. Falls Be kein Aufschneider war, falls er wirklich die Wahrheit sagte, dann hatte er den Kometen im Garten. Und der war irgendwo in der Nähe von Nicks Zuhause runtergekommen. Be würde also ungefähr den gleichen Heimweg haben.

Das klang alles sehr überzeugend. Leider fiel Nick wieder ein, was Schimpf zu Be gesagt hatte. *Ich weiß, warum du deine alte Schule verlassen musstest.* Jemand, der gerade mitten im Schuljahr rausgeflogen war, konnte natürlich auch noch ganz woanders wohnen.
Und selbst falls er bereits umgezogen war: wer sagte, dass er jetzt überhaupt nach Hause ging? Er könnte über den Ausgang Ravensstraße Richtung Innenstadt gegangen sein. Um ein Pommes zu essen oder so.
Nick holte das Handy hervor. Die Nachsitzstunde war schon seit einer Viertelstunde um. Wenn Be in fünf Minuten nicht aufgetaucht war, hatte es keinen Sinn mehr.
Er steckte den Apparat wieder weg.
Als Nick aufsah, entdeckte er Be.
Er hatte den Schultergurt umgelegt und bewegte sich durch das Tor, als schlafwandele er mit offenen Augen. Nick wartete, bis Be genau unterhalb des Astes war. Dann ließ er ihm eine Eichel auf den Kopf fallen.
Sie verschwand in seinen Haaren.
Be ging einfach weiter.
Oh, Mist. Das könnte man wahrscheinlich stundenlang machen und würde die Eicheln nie wieder finden.
»He, warte!«
Be drehte sich um und sah ihn an. Er sah nicht hinter sich, wo jeder normale Mensch einen Rufer erwartet hätte. Er blickte direkt nach oben zu Nicks Ast.
Nick kletterte hinunter. Er war als Kind viel geklettert und offenbar verlernte man so was nicht.
»Was machst du immer noch hier?«
»Ich habe auf dich gewartet.«
»Gewartet«, sagte Be. Er rückte den Taschengurt zurecht.

Der Green-Lantern-Ring blitzte in der Sonne.
Nick stand etwas verlegen dar. »Hat Schimpf dich übel behandelt?«
»Hat er mich übel behandelt?« Be schien sich die Frage erst selbst stellen zu müssen. »Er hat mich eingetrocknete Chemikalien aus den Reagenzgläsern schrubben lassen. Wenn ich sterbe, waren sie giftig.«
»Oh«, machte Nick. Er musste die Eichel in Bes Haaren ansehen. Jetzt tat es ihm leid, dass er sie geworfen hatte. »Hat er dich zur Sau gemacht? Mich hat er mal wegen Verspätung drangekriegt. Er hat mich bestimmt die Hälfte der Stunde nur angeschrien.«
»Angeschrien. Schlecht«, sagte Be.
»Er wird dann furchtbar rot im Gesicht.«
»Der kann mir nichts tun«, erwiderte Be abwesend.
Nick sah ihn fragend an.
»Ich kenne sein Kryptonit.« Er kratzte sich am Kopf. »Seine Schwäche.«
»Wie bei Superman«, bestätigte Nick. »Ich weiß.«
Be ging ein paar Schritte voraus. »Willst du noch immer den Kometen sehen?«
Nick wollte.
Gemeinsam schlenderten sie die Straße hinunter.
»Was ist sein Kryptonit?«
»Freundlichkeit«, antwortete Be sofort. »Da versteht er gar nicht, was er machen soll.«
Sie ließen die Schule hinter sich und knüpften bei ihrem vorzeitig beendeten Gespräch aus der Chemie-Stunde wieder an. Bald waren sie in einer Diskussion versunken, wer die besseren Comic-Helden habe: Marvel oder DC.

***

Das Gartentor war die vorletzte Hürde vor dem Kometen. Be schloss es auf. Es wurde zu beiden Seiten von einer Hecke umfasst, so dass der Blick in den Garten erschwert wurde. Das Tor quietschte fürchterlich.

Dahinter versperrte die Rückwand eines Gartenhäuschens den Weg. Man konnte es nur in einer Richtung umqueren, weil den anderen Weg ein Komposthaufen versperrte. Ein schwerer Geruch von verfaulendem Laub lag in der Luft.

Be ging an dem Bretterverschlag vorbei und stakste von einem moosüberwucherten Trittstein zum nächsten. Nick folgte ihm und bekam freie Sicht auf eine Gartenlandschaft, in der Bäume und Büsche, Hecken und Gras längst verwildert waren. Die Äste hingen tief herab. Zwischen ihnen spannten sich Spinnennetze, die aufglühten, wenn ein Sonnenstrahl sie traf.

Das Zentrum des verwunschenen Gartens bildete ein Teich. Er war über und über mit Seerosenblättern bedeckt. Insekten schwirrten auf der Wasserfläche. Und ein lautes Quaken verstummte, als sie sich näherten.

Be sah ins Wasser. Er schien vergessen zu haben, dass Nick bei ihm war.

Nick wich vorsichtig einer großen Libelle aus, die metallisch-blau schimmerte. Er sah sich um, konnte jedoch nirgendwo einen Kometen entdecken. Er hatte das dumme Gefühl, dass Be so lange schwieg, weil ihm keine Ausrede einfiel.

»Wolltest du nicht ...?«

»Er ist weg«, sagte Be.

»Wie: *weg*?«
Be zuckte mit den Achseln. »Eben weg.«
»Der Komet ist hier runtergekommen?«, fragte Nick misstrauisch. »Und dann kam die Feuerwehr und ihr Löschwasser hat euren Tümpel gebildet, wie?«
Be pulte mit der Schuhspitze im Uferschlamm. Er schippte eine Ladung davon ins Wasser. In der Nähe hüpfte ein Frosch hinterher.
»Er ist voll in den Garten gekracht, richtig mit Feuer. Der Teich war komplett weg und es gab einen Krater von dem großen Ahorn bis zum Schwarzdorn.« Er zeigte quer durch das Grundstück. »Man hätte ein Auto darin versenken können. Und ganz in der Mitte lag der Komet. Unheimlich glühend und mit merkwürdigen Zeichen am Rand.«
Nick setzte sich auf eine pilzbewachsene Baumwurzel. »Und dann stiegen die Aliens aus und du hast sie gezwungen, alles wieder aufzubauen.«
Be beachtete ihn nicht. Aus einem Grund, den nur er selbst kannte, balancierte er von Trittstein zu Trittstein auf die andere Seite des Teiches.
Nick hatte genug gehört. Er war enttäuscht. Und das nicht nur, weil es den angeblichen Kometen nicht gab. Er hatte eine Stunde auf jemanden gewartet, der ihn bloß anlog. Vielleicht sollte er besser verschwinden. Zuhause könnte er mit Schnüffkes Gassi gehen. Womöglich fanden sie ja in der Umgebung den richtigen Einschlagsort.
Und dabei hatte Nick ein so gutes Gefühl gehabt. Be wirkte überhaupt nicht wie ein Lügner. Aber wenn man darüber nachdachte, bewies das nur, dass er ein besonders geschickter Schwindler war. Denn falls er die Wahrheit sagte, verhielt es sich noch schlimmer. Dann wäre er verrückt.

Man müsste sich mal erkundigen, weswegen Be von der Schule geflogen war. Gut möglich, dass er da auch so bescheuerte Geschichten abgezogen hatte.
Nick tappte mit den Füßen auf den Boden vor der Wurzel. Zumindest so lange, bis ihm auffiel, dass sein linker Schuh dabei immer nasser wurde. Er war in eine Pfütze getreten. Eine Pfütze mit einer sehr ungewöhnlichen Form.
»Habt ihr Haustiere?«, fragte Nick, aber Be antwortete nicht.
Die Frage war ohnehin blöd. Nick kannte kein Tier, das eine solche Spur hinterließ. Es sei denn, die Darrells hielten sich einen Tyrannosaurus-Rex.
Da prangte ein mordsmäßig großer Klauenabdruck.
Er hatte sich in den weichen Schlamm am Teichufer gegraben und war danach voll Wasser gelaufen. Und nun bemerkte Nick auch die übrigen Zeichen. Sie waren viel schwächer, und wenn er nicht den Abdruck am Teich gefunden hätte, dann wüsste er sie gar nicht zu deuten. Da war ein Busch platt gedrückt, als ob etwas sehr Massiges auf ihn getreten wäre. Und da vorne war das Gras, naja - Unkraut, niedergewalzt.
Es sah tatsächlich so aus, als ob die Darrells ein riesiges Monster im Garten versteckten. Er wollte Be darauf ansprechen, doch in letzter Sekunde hielt ihn ein beunruhigender Gedanke davon ab.
Womit fütterte man ein so gewaltiges Untier? Vielleicht mit allzu neugierigen Nachbarsjungen?
Verstohlen musterte er Be. Er war groß. Und er sah reifer aus als die meisten Jungen in seiner Klasse. Er mochte ein Sitzenbleiber sein. Oder er war überhaupt kein Schüler.
Plötzlich sah Be ihn direkt an.

Nick konnte nicht verhindern, dass er zusammenzuckte. Oh Mann, er sollte wirklich besser so tun, als ob er die Spuren nicht bemerkt hätte.

Dann sah Nick eine Spiegelung im Wasser.

Und sie war so absurd, dass er sofort aufsprang.

Hinter dem Weiher ragte ein Mann in einem Kostüm auf. Es war blau und weiß gezackt und aus einem merkwürdigen gummiähnlichen Material. Selbst der Kopf des Fremden wurde vollständig bedeckt. Den Mund ahnte man nur unter dem Stoff. Lediglich für die Augen blieben zwei schmale Schlitze.

Es war ganz zweifellos ein Superheldendress.

Nick, Be und der Held standen um den Teich herum und keiner sagte ein Wort.

Dann hob der Kostümierte die Hand. Weißblaues Feuer schoss heraus und traf das Wasser. Und kaum schlug es auf, da kristallisierte ein Eispanzer aus. Die letzten Flammen erstarrten auf der Oberfläche einfach selbst zu Eis. Bizarre, feuerförmige Eisskulpturen.

»Eis«, stellte Be fest und wirkte beeindruckt. Und fügte hinzu: »Wer bist du denn? Teichmän?«

Als der Fremde sprach, klang es, als knirschten und knackten Gletscher und Eiszapfen klirrten. »Ich bin *Frostfeuer.*«

»Wahnsinn«, hauchte Nick.

Es fühlte sich an wie nach langem Lesen in einem wirklich guten Comic. Wenn man ganz in der Handlung versank und aus den unbewegten Bildern längst bewegte geworden waren. Nick erwartete jeden Augenblick, dass er aufschreckte und mit einem Avengers-Album im Zimmer auf der Couch lag mit Schnüffkes neben sich und einem Haufen unerledigter Hausaufgaben.

Und dann sah der Held ihn an.
Nick spürte den Blick der eisblauen Augen. Frostfeuer hob die Hand. Und er sagte nur ein einziges Wort: »Schrumpfpimmel!«
Weißblaue Flammen stießen hervor. Nick warf sich im letzten Moment zur Seite. Er fühlte noch, wie seine Schulter eiskalt wurde, da schlug er auf dem Boden auf. Ein Baum neben ihm war zu einer tausendfach glitzernden Skulptur geworden.
Oh, Scheiße! Das war kein Superheld. Das war ein Superschurke!
Frostfeuer schoss. Be sprang hinter einen Busch, der zu Eis erstarrte.
Nick lief auf das Gartenhäuschen zu. Er riss die Tür auf. Sie war unverschlossen! Und er hetzte hinein. Drinnen griff er in rasender Eile Kisten mit Gartengeräten, Rechen und eine Tonne mit einem Rest Wasser darin. Und hob, schob und rollte alles vor den Eingang.
Dann wurde es kalt.
Das Holz um ihn herum knackte wie verrückt, während sich ein Film aus Eis darüber legte.
Oh Gott, ein irrer Superschurke wollte ihn umbringen!
Nick brauchte eine Waffe. Er zitterte, schlang die Arme um den Körper und sah sich um. Da war ein Spaten. Nick nahm ihn aus einer Kiste.
Draußen klirrte Frostfeuers Stimme. »Es ist sinnlos, sich zu verstecken, Darrell. Ich finde dich.« Man hörte Eis knirschen. »Und je länger ich suchen muss, desto übler wird es für dich.«
Be! Dieser Verrückte killte Be!
Nick musste ihm zur Hilfe eilen. Er rüttelte an der Tür. Sie

war zugeeist. Man konnte deutlich die Eisschicht zwischen dem Holz der Wand und der Tür sehen. Nick zielte mit dem Spaten in die Lücke und stieß zu. Eis crashte. Er hieb noch ein paarmal, bis die Tür sichtbar schwankte.

Dann trat er sie auf.

Frostfeuer hatte Be am Kragen gepackt. Reif bedeckte seine Wangen und wuchs auf die Augen zu.

Nick schrie und schwang den Spaten.

Er krachte voll auf Frostfeuers Rücken.

Und sprang Nick sofort aus der Hand. Seine Schulter schmerzte höllisch. Es fühlte sich an, als ob er auf eine Eisscholle eingedroschen hätte.

Frostfeuer ließ Be fallen und drehte sich um. »Niemand widersteht, wenn der Winter kommt!«

Nick packte den Spaten wieder und riss ihn hoch. Gerade rechtzeitig um einen eisigen Flammenstrahl abzufangen. Der Stahl bekam eine Eiskruste. Frostfeuer schoss weiter. Nick hielt mit aller Kraft gegen. Das Eis kroch den Griff hinunter und erreichte die Hände. Und schloss sich um sie. Ein kurzer, stechender Schmerz. Dann verlor Nick jedes Gefühl in den Fingern. *Ich erfriere!*

Panisch sah Nick auf das Eis, das nun die Arme hochwanderte.

»Lass ihn in Ruhe! Verschwinde!«, brüllte Be. Er warf sich von hinten auf Frostfeuer und klatschte ihm eine volle Ladung Uferschlamm ins Gesicht.

Der Schurke schüttelte ihn mühelos ab. Be prallte auf den vereisten Teich.

Doch Frostfeuer strauchelte.

Die beiden Sichtschlitze in der Maske waren mit Schlamm verklebt. Und dann stieg der Fremde einfach auf. Er erhob

sich in die Luft. Und flog begleitet von einem Heulen davon, als ob ein eisiger Wind ihn forttrüge. Die weißblaue Gestalt schrumpfte in der Ferne zusammen.
Kaum war er weg, wurde es merklich wärmer.
Nick sackte zu Boden, weiterhin an den Spaten geeist. Be hockte sich neben ihn und gab ein Stöhnen von sich. Nach einer Weile schien er zu bemerken, wie es um Nick stand. Er machte sich vorsichtig daran, das Eis von Nicks Fingern zu lösen. Sie waren immer noch ganz taub. Aber als Nick versuchte, sie zu bewegen, gehorchten sie. Statt *danke* sagte er: »Was stimmt nur mit eurem Garten nicht?«
Be setzte die Arbeit fort, bis Nick völlig vom Eis befreit war. Die Splitter lösten sich in Schmelzwasser auf. Auch die vereisten Teile des Gartens begannen bereits zu tropfen.
Be fuhr sich durch die Haare. »Immerhin haben wir Frostfeuers Schwachstelle gefunden.«
Nick sah ängstlich zum Himmel. Doch von dem Angreifer fehlte jede Spur. Warum war er überhaupt auf sie losgegangen? Er hatte Nick *Schrumpfpimmel* genannt! Der Schock saß so tief, dass Bes Frage erst langsam durchdrang. »Du meinst seine Augen?«
Be schüttelte den Kopf.
Er zog die Nase hoch. »Sein Kryptonit ist Gartenteichschmodder.«
Nick sah Be verstört an.
Der grinste schief.
»Du hast da eine Eichel im Haar«, sagte Nick.

# 5. Kapitel:

# Ein grausiger Fund

Frostfeuer war kein Marvel-Schurke. Er war auch kein DC-Superschurke. Obwohl er nach Nicks Überzeugung so fies war, dass er eigentlich nur von DC sein konnte. Be hingegen hielt ihn - aus dem gleichen Grund - eindeutig für den Marvel-Typ. Bei DC würde er zudem nicht richtig reinpassen, weil die mit Mr Freeze bereits eine Frostschleuder besaßen. Bei Marvel gab es zwar Iceman, aber der war einer von den Guten und zählte daher als Argument gegen einen Bösewicht nur halb.
Das war so ungefähr der Stand der Diskussion zwischen Nick und Be, als Nick sich auf den Heimweg machte. Sie hatten Bes beeindruckend umfangreiche Comic-Sammlung durchstöbert in dem Versuch, etwas über Frostfeuer herauszufinden. Und außerdem im Internet recherchiert und in Bes Lexikon der Superhelden nachgeschaut. Irgendwo musste so ein Schurke doch herkommen.
Offenbar gab es in den USA Leute, die sich kostümierten und so in den Straßen patrouillierten. Aber die verfügten nicht über Superkräfte. Dann fand man im Internet zuhauf Typen, die behaupteten, Dinge mit Gedankenkraft bewegen zu können und so weiter. Nur trugen die keine Kostü-

me.
Es erweckte ganz den Eindruck, als sei Frostfeuer aus dem Nichts aufgetaucht.
Schließlich hatte Nick auf das Handy geschaut und war erschrocken aufgesprungen. Schon so spät! Er musste mehrfach täglich mit Schnüffkes Gassi gehen, das war seine Aufgabe. In aller Eile verabschiedete er sich.
Als er zu Hause eintraf, bellte der Dackel bereits wie verrückt. Zum Glück schienen Nicks Eltern nicht da zu sein, das ersparte ihm die Standpauke.
»Schnüffkes«, rief Nick.
Der Hund lärmte einfach weiter. Das war ungewöhnlich. Normalerweise käme er jetzt schwanzwedelnd angelaufen. Gassigehen war sein Highlight des Tages. Stattdessen kläffte er in einem fort. Und der Krach drang - das war noch ungewöhnlicher - aus dem Keller.
Nick ging die Treppe hinunter.
»Schnüffkes?«
Das Gekläffe fand kein Ende. Es kam aus Mamas Hobbykeller. Nick folgte dem Lärm. Hier stellte sie alles an, was man mit Holz nur anstellen konnte. Sie sägte, hämmerte, leimte, dübelte. Ihr aktuelles Projekt war ein Nachttisch, der halbfertig auf der Werkbank lag. Wenn er vollständig war, sollte sein Cousin das Schränkchen zum Einzug in die neue Wohnung geschenkt bekommen.
Schnüffkes stand vor der Kellertür. Dahinter war die Außentreppe zum Garten. Der Dackel bellte sich die Seele aus dem Leib.
»Was hast du denn? Niemand tut dir was.«
Dann sah Nick die Tür. Sie besaß einen Kunststoffrahmen, in dem eine Milchglasplatte steckte. Darin zeichnete sich

ein großer Schatten ab.
Hinter der Tür war *etwas*!
*Frostfeuer!*, war Nicks erster Gedanke. Er hatte ihn *Schrumpfpimmel* genannt. Was war, falls der Schurke ihn kannte? Wusste, wo sein Opfer wohnte? *Ich hätte doch besser die Polizei gerufen nach dem Angriff. Nur was sollte ich denen sagen? Herr Wachmann, mein Freund und ich wurden von einem Superschurken mit Eisflammen angegriffen. Wenn Sie sich beeilen, kriegen Sie ihn noch. Er ist in diese Richtung davongeflogen.* Nick hatte so einen vagen Verdacht, dass der Polizist daraufhin unfreundlich werden würde. Aber was, wenn Frostfeuer nun wirklich zurückkam, um sich zu rächen?
Blödsinn! Schon möglich, dass er Rachegedanken hegte. Doch auf keinen Fall stand der Schurke da vor der Tür. Warum sollte er einfach da rumstehen, in Schach gehalten von einem Rauhaardackel?
Hinter der Tür war *etwas*. Und es war groß. Jedoch zerschlug es nicht die Tür und zeigte auch sonst keine Aggression. Nur weil heute Mittag jemand versucht hatte, Nick umzubringen, musste sich nicht gleich alle Welt gegen ihn verschworen haben.
Er würde dem Gebelle ein Ende bereiten und nachsehen.
Nick ging auf die Tür zu.
Er drückte die Klinke.
Die Tür sprang ihm wie von selbst entgegen.
Und was er dahinter sah, war der Horror! Nick stemmte sich gegen die Tür, die immer weiter und weiter aufgehen wollte. Er schaffte es zumindest, einen Gegendruck zu erzeugen, der sie im Gleichgewicht hielt.
In dem schmalen Schacht, der den Fuß der Außentreppe

bildete, steckte eine tote Kuh. Das Vieh sah furchtbar aus. Es klemmte kopfüber im Hohlraum, das Hinterteil zeigte treppauf. Der Kopf knickte in einem hässlichen Winkel ab und drückte nun die Tür auf. Die Augen waren verdreht, die Zunge hing seitlich aus dem Maul.

Schnüffkes lief durch den Türspalt. Er hatte endlich aufgehört zu bellen, schnüffelte an dem toten Tier und jaulte.

*Sie ist hier runtergestürzt und hat sich das Genick gebrochen.* Hinter dem Haus lag eine Kuhweide. Sie war natürlich ein-gezäunt. Es musste Jahre her sein, dass es einmal eine Kuh durch ein Loch im Zaun bis in den Garten geschafft hatte. Und noch nie war eine in den Treppenschacht gestürzt.

Schnüffkes drückte sich an dem Kadaver vorbei und hoppelte die Treppenstufen hinauf. Nick rief ihn zurück, aber es half nicht. Der Kleine büxte wieder mal aus. Doch Nick hätte über die tote Kuh klettern müssen, um ihm nachzulaufen, und dazu konnte er sich nicht überwinden.

Und dann sah Nick die Fleischwunden in der gescheckten Flanke. Fünf gerade Linien, in denen Fell und Haut aufgerissen waren. Fünf Risse - wie die fünf Krallen einer Klaue!

Von hinten legte sich eine Hand auf Nicks Schulter.

Er schrie auf und wirbelte herum.

Papa stand da.

Er trug noch die Ausgehturnschuhe und den roten Rollkragenpulli. Seine Haare, es waren ohnehin nicht mehr allzu viele, hatte der Wind großzügig über den Kopf verteilt.

»Entschuldige. Wir wollten eigentlich früher zurück sein und das da von der Tierkörperbeseitigungsanstalt abholen lassen, bevor du es zu Gesicht bekommst.«

»Was ist denn passiert?«

Papa runzelte die hohe Stirn. »Deine Mutter hat das Vieh heute Mittag gefunden. Sie hat sich furchtbar aufgeregt.« Er seufzte. »Es ist ja auch eklig.«
Nick zeigte auf die roten Risse. »Was ist das?«
Papa quetschte sich vor das tote Tier und zog die Lesebrille auf. Mit geradezu wissenschaftlicher Neugier inspizierte er die Verletzungen. »Das war jedenfalls nicht tödlich. Ist vielleicht beim Sturz geschehen. Ich sollte das Geländer mal abschleifen. Wenn man nicht aufpasst, reißt man sich daran die Finger auf.«
»Ja«, sagte Nick. Vor seinem inneren Auge aber sah er ein riesiges Monster, das sich auf eine hilflose Kuh stürzte. Es schien eine unvermeidliche Eigenschaft von Eltern zu sein, nie so ganz zu verstehen, worum es eigentlich ging.

***

An diesem Abend lag Nick lange wach. Er versuchte, die Ereignisse zu ordnen. Versuchte zu verstehen, was all die seltsamen Vorfälle miteinander verband. Und er hatte eine furchtbare Angst. Jemand wollte ihn umbringen! Frostfeuer schien ihn zu kennen. Und er hätte Nick, ohne mit der Wimper zu zucken, völlig vereist. Aber Frostfeuer besaß keine Klauen. Und warum sollte er eine Kuh meucheln?
Alles hatte angefangen mit dem Absturz des Kometen. Kometen? Be hatte behauptet, dass es ein Komet war. Doch Be hatte auch behauptet, das Ding sei in seinem Garten ge-

landet und habe einen riesigen Krater hinterlassen. Bei der ganzen Aufregung um Frostfeuer hatte Nick nicht mehr daran gedacht, Be darauf anzusprechen. Er nahm sich fest vor, das morgen in der Schule nachzuholen.

Wenn etwas abgestürzt war, wieso schwiegen dann immer noch die Medien dazu? Warum kamen jetzt nicht Astronomen oder so angereist? Irgendetwas sehr Merkwürdiges ging hier vor sich. Und Nick hatte das Gefühl, es nicht einmal ansatzweise zu begreifen.

*Aber ich sollte es besser verstehen. Ein Superschurke wie aus dem Comic ist hinter mir her. Frostfeuer mochte jederzeit wieder auftauchen.* Herrje, er konnte fliegen! Nick musste auf dem Schulweg morgen ständig nach oben schauen, damit es ihn nicht eiskalt erwischte. Und wer hinderte den Schurken eigentlich daran, Nick heute Nacht im Schlaf zu überfallen? Nur dafür müsste Frostfeuer erst durch das Fenster. Natürlich hielt ihn das Glas nicht auf. Doch Nick würde den Lärm hören und sich schnell die Treppe hinab flüchten. Seine Eltern konnten ihm nicht helfen. Er rannte am besten einfach um sein Leben, so weit weg wie möglich.

Wenn er nur wüsste, wer unter der Maske steckte. Dann vermochte er etwas gegen Frostfeuer zu unternehmen. Superhelden, deren Geheimidentität aufflog, wurden erpressbar. Warum sollte das mit einem Schurken nicht genau so funktionieren? *Schrumpfpimmel* hatte er gesagt. Aber die furchtbare Geschichte hatte sich schon in der ganzen Schule und bestimmt noch darüber hinaus rumgesprochen. Theoretisch könnte jeder es mitbekommen haben. Dennoch wurde Nick das Gefühl nicht los, dass er den Typ hinter der Maske kannte. Er versuchte, sich an die

Stimme zu erinnern. Sie hatte so seltsam geklungen. Überhaupt nicht wie die Stimme eines Menschen. Und die Augen. Das Einzige, was die Maske preisgab. Sie waren so eisig blau, wie es menschliche Augen nicht sein konnten. Für so etwas gab es Kontaktlinsen. Oder vielleicht verwandelte sich Frostfeuer. Wer schon drei Superkräfte hatte, besaß womöglich zudem noch eine vierte.

Dieser Mann war eine beispiellose Superwaffe. Und sie zielte auf Nick.

Das hätte heute auch verdammt schiefgehen können!

Er sah sich wieder im Garten der Darrells. Aber diesmal erwischte Frostfeuer ihn. Nick steckte in einem Eisblock, tot und gefroren. Er würde nie mehr erwachsen werden. Nie auf eigenen Füßen stehen. Nie eine Freundin haben. Nie überhaupt irgendetwas werden. Die unendlichen Möglichkeiten, die das Leben bot, wären zunichtegemacht worden von einer einzigen durchgeknallten Eisschleuder.

Man müsste diesem Spinner Einhalt gebieten!

Man müsste ihn zur Rechenschaft ziehen für den Angriff auf zwei unschuldige Menschen.

Man müsste ihm das geben, was er verdiente!

Aber Frostfeuer war stark. Ein Spaten prallte einfach von ihm. Die Eisflammen waren verdammt gefährlich. Und fliegen konnte er auch noch. Wer so jemanden besiegen wollte, brauchte selbst besondere Kräfte. Man musste mindestens ebenso stark sein. Und ebenfalls fliegen können. Und man sollte ein paar wirklich coole Tricks draufhaben.

Ein Superheld müsste man sein!

Und während Nicks Gedanken immer leichter dahinflogen, wurden seine Augen immer schwerer.

# 6. Kapitel:

# Erwachen

Etwas drückte Nick ins Gesicht.
Wirre Traumbilder, durch die er über Bergen und Flüssen schwebte, zogen sich langsam in die fernen Winkel zurück, in denen unsere Träume schlafen gehen, wenn wir erwachen.
Träge bog Nick den Kopf in den Nacken und öffnete ein Auge. Das war die Tapete. Er musste sich in der Nacht bis zur Wand gewälzt haben. Nick kurbelte das Augenlid wieder runter und drehte sich auf die andere Seite. Dann wühlte er sich behaglich ins Kopfkiss ...
Da war kein Kopfkissen.
Seine Hand griff ins Leere. In völlige Leere! Auch das Bett, auf dem Nick und das Kissen für gewöhnlich lagen, war weg.
Er riss die Augen auf.
Und sah in die Tiefe.
Das war sein eigenes Zimmer, zweifellos. Doch aus einer Perspektive, die kein normaler Mensch je zu Gesicht bekam: Was er für die Wand gehalten hatte, war die Decke. Er befand sich am höchsten Punkt der Dachschräge. Unter ihm klafften drei Meter Nichts bis zum Boden.

Aber was zur Hölle hält mich dann oben?
Da war absolut nichts!
Die Erkenntnis traf ihn wie ein Schock. Und in der gleichen Sekunde stürzte er ab. Wie ein Stein sackte er hinab. Nur um sich einen Sekundenbruchteil später reflexartig zusammenzuziehen. Sein Kopf rutschte zwischen die Schultern, der Rücken krümmte sich und in einer einzigen, fließenden Bewegung rollte er über den Teppich ab und sprang auf die Beine.
Er befand sich nun mitten im Raum und machte vermutlich das dümmste Gesicht, das je ein Mensch gemacht hatte. Da oben an der Zimmerdecke hatte er gehangen. Man konnte noch den Fleck sehen, wo er im Schlaf an die Decke gesabbert hatte. Und nun stand er hier unten. Nachdem er eine Rolle und ein Sprungmanöver wie Spiderman hingelegt hatte.
Nick sah hinab. Das war ein sehr merkwürdiger Schlafanzug. Er war gar nicht mehr aus Baumwolle. Eher aus einer Art Gummi. Und wenn man näher ranging, erkannte man eine bienenwabenartige Struktur auf dem seltsamen Material.
Nick wischte sich die Augen, obwohl er sich selten so erholt gefühlt hatte. Er musste immer noch träumen. Aber es half nichts. Als er die Hände wieder senkte, zeigte sich ihm das gleiche Bild. Er stand mitten in seinem Zimmer und trug einen engen Dress, der in einem dunklen Grau und einem beunruhigenden Rot glänzte. Und da war ein Cape in derselben Farbe. Als ob ein unheimliches Leben darin läge.
*Oh Scheiße, ich bin Superman!*
Der erste Gedanke ist nicht stets der klügste, den man hat. Nick verbannte Superman im Geist in den Unterordner

*Freizeit und Vergnügen.* Es musste eine bessere Erklärung dafür geben! Bloß welche? Jemand hatte ihm das heute Nacht angezogen? Von so was wachte man doch auf.
Dann blieb nur eine Möglichkeit: Er hatte sich selbst im Schlaf umgezogen. Das kam bei anderen Leuten vor, warum nicht auch bei ihm? Der Zweifel, tief in seinem Inneren, lachte. *Du hast vorhin an der Decke geklebt,* rief er aus der Tiefe. Aber Nick wollte das nicht hören und klappte den Deckel über der Tiefe zu. Der Zweifel war ein Depp und schwieg jetzt besser.
*Ich muss mir das ansehen.* Nick ging ins Bad. Der Spiegel über dem Waschbecken zeigte ihm das Unglaubliche: Der Junge darin war unzweifelhaft er. Doch er trug einen Superheldendress, der dunkelgrau und rot glänzte wie aus langem Schlaf erwachende Lava. Und an den Schultern entsprang ein rotes Cape.
Ich bin mir hundertprozentig sicher, dass ich das niemals angezogen habe. Also warum trage ich es? Und wo ist mein Schlafanzug geblieben?
Er hatte den letzten Gedanken gerade gefasst, da zerfloss das Kostüm ihm vor den Augen. Es entwickelte ein Eigenleben wie Wogen auf windgepeitschtem Wasser. Die Wellen huschten über den Körper und wo sie entlangfuhren, verschwand das unheimliche Material und Streifen des alten babyblauen Baumwollschlafanzugs wurden sichtbar. Der Prozess schloss rasend schnell ab und Nick sah sein gewohntes Spiegelbild.
*Ich habe mir das alles nur eingebildet. Ich bin noch nicht richtig wach.*
Vielleicht hätte er sich das wirklich einreden können. Wenn ihn nicht eine Kleinigkeit an dem Abbild irritierte.

Er trug das gleiche Oberteil wie gestern Abend und die gleiche Baumwollhose. Nur während ihm der Stoff normalerweise locker am Körper baumelte, spannte er sich nun. An genau den Stellen, an denen Männer Muskeln hatten.
*Ich bin bekloppt geworden. Vollkommen bekloppt. Bestimmt ist es vorhin passiert, als ich von der Decke abgestürzt bin.* Das war so bemerkenswert unlogisch, dass er es selbst nicht glauben konnte. Vielleicht war er verrückt. Doch dann kam er offenbar von allein da nicht mehr raus. Vielleicht sollte er aber auch besser den Tatsachen ins Auge sehen. *Ich bin im Garten der Darrells von einem Superschurken angegriffen worden. Das habe ich mir nicht eingebildet! Be hat ihn ebenfalls gesehen.* Hier gingen merkwürdige Dinge vor sich. Und Nick wollte ganz genau wissen, welche.
Er zog sich das Oberteil über den Kopf und warf es achtlos beiseite.
Der Unterschied war verblüffend. Wo gestern noch Rippen und Gelenke sich groß unter der Haut abgezeichnet hatten, wölbten sich nun sanft die Muskeln. Wenn er die Arme bewegte, wuchs der Bizeps. Nick musste zwanzig Kilo mehr wiegen als gewohnt. *Wahnsinn! Ich schlafwandele in einem Fitnesscenter!*
Der Gedanke war nicht sinnvoller als die anderen vorher. Nicks Verstand ruderte weiterhin haltlos herum und versuchte den Ereignissen Sinn zu geben. Er wachte auf. War plötzlich ... was? Kostümiert? Supermans verschollener Bruder?
Verdammt, er war geflogen!
Ob er das noch mal hinbekam? Er erinnerte sich, wie Superman das machte, und streckte die Arme aus. Er zuckte

zusammen, als das Kostüm wieder um ihn floss. Selbst das Oberteil auf den Kacheln tropfte zu ihm zurück. Eine Sekunde später erhob er sich in die Luft. Auf einmal wich sein Gewicht von den Beinen, die Füße baumelten frei. Und er sah im Spiegel die eigene Verblüffung darüber, dass er zwanzig Zentimeter über dem Boden schwebte. Wow!

Er flog, Himmel-Arsch, er flog!

Aber konnte er auch irgendwo hinfliegen?

Nick konzentrierte sich auf die Toilette. Er segelte wie von Geistern getragen vor das Klo. Wahnsinn! *Und jetzt wieder zurück, nur schneller!* Nick schoss durch den Raum, hatte Mühe die Bewegung vor dem Waschbecken abzubremsen und klatschte stattdessen vor die Badezimmertür.

Es tat kaum weh.

Nick ließ sich vorsichtig zu Boden sinken. Das war der Hammer! Er konnte fliegen. Er musste es draußen ausprobieren. Richtig fliegen. Zwischen Wolken dahinjagen. Pirouetten vor der Sonne drehen!

Und dann was? Als Erstes würde ihn Frau Knesebeck von gegenüber sehen. Sie liefe sofort zu seiner Mutter. *Frau Nieländer, ihr Junge fliegt im Kostüm. Beeindruckend, sehr beeindruckend. Mein Edgar spricht übrigens fließend Spanisch.* Wenn es heute die Knesebeck wusste, wusste es morgen die ganze Welt. Und dann? Er wäre berühmt. Alle würden ein Interview mit ihm wollen. Und er hätte keine ruhige Minute mehr. Es ginge ihm bald wie Tony Stark. Seit öffentlich war, dass er Iron Man ist, vermochte er die Villa nur noch heimlich zu verlassen. Sonst klebte ein Heer von Reportern an ihm. Und hin und wieder setzte man einen Killer auf Pepper Potts an. Weil jeder ahnte, dass sie Iron Mans große Liebe und somit seine verwundbarste Stelle

war.
Wenn jemand erfuhr, was Nick konnte, würde es nicht ihn allein treffen. Auch seine Eltern wären im Visier.
Das durfte alles nicht passieren. *Ich muss das hier geheim halten! Ich rede mit niemandem darüber. Ich verberge meine Kräfte. Und ich ziehe weite, schlabbrige Klamotten an, damit nicht auffällt, wie ich mich verändert habe*. Dann wäre er tagsüber der unscheinbare Clark Kent. Und nachts der unsterbliche Superman! Der stählerne Blitz. Der Retter aus dem Nachthimmel. Der Kämpfer für die Unterdrückten.
»Nick! Du kommst zu spät zur Schule!«
Oh, scheiße. Seine Mutter steckte nur einen Stock tiefer. Er musste irgendetwas Unverfängliches antworten, damit sie nicht auf die Idee kam, hier oben nachzusehen. »Ich, äh, bin gleich da.«
Mist, er war die ganze Zeit nur mit sich beschäftigt gewesen. Bestimmt war es schon fast acht und er hatte sich nicht einmal fertiggemacht.
Er drehte den Wasserhahn auf und ließ das Oberteil verschwinden.
Es sah überhaupt nicht aus, als ob er sich waschen müsste. Er fühlte sich auch kein bisschen müde oder schmutzig. Nur die Haare wirkten etwas wüst, vermutlich von dem Sturz ...
Kaum war seine Überlegung so weit fortgeschritten, da bewegten sich die Haare wie Gräser im Wind und legten sich neu.
Wow!
Nick vergaß augenblicklich die Zeit.
Er sah in den Spiegel und konzentrierte sich auf seine

Haare. Sie raschelten, als liefe eine Armee von Käfern hindurch. Das war Telekinese! Nick sah die Zahnbürste an und sammelte sich.

Sie bewegte sich kein Stück.

Er versuchte es mit der Seife. Er starrte sich doof daran, ohne dass sie sich rührte.

Dann dachte er wieder an seine Haare. Ein Kribbeln auf der Kopfhaut. Und die Haarspitzen richteten sich auf und legten sich, wie er es wollte.

*Toll. Ich habe die Superkraft Freihändig frisieren.*

»Wo bleibst du denn?«

Nick ließ die Frisur in ihre gewohnte Position gleiten. »Ich komme ja schon.«

Das Wasser lief und lief. Doch er hatte nicht den Eindruck, dass er sich waschen musste. Er fühlte sich so lebendig und sauber wie frisch geduscht. Stattdessen hatte er einen Mords-Durst. Er beugte sich runter und trank bestimmt einen halben Liter direkt aus dem Hahn.

Er hatte immer noch Durst, aber das Geräusch der Schritte auf der Treppe schreckte ihn.

Mama!

Sie öffnete die Tür zum Dachgeschoss. »Nick, verflucht, wenn du wieder zu spät kommst ... Wo steckst du überhaupt?«

Oh, Mist. Er konnte doch nicht im Dress aus dem Bad. Er brauchte seine weiteste Jeans und das schlabbrige Sweatshirt, bloß hingen die unerreichbar im Schrank draußen.

Plötzlich jagte das Kostüm neue Wellen über ihn. Und wo es entlangfloss, blieben Jeans und T-Shirt zurück. Es sah genauso aus, wie die Kleidung, die eigentlich draußen auf dem Bügel steckte. Und die Sachen waren groß genug,

dass man zumindest nicht gleich die Veränderung bemerkte.
Nick trat aus dem Badezimmer und versuchte, so normal wie möglich zu wirken. »Morgen, Mama. Tut mir leid, ich hab´ verschlafen.«
Sie sah ihn an. Die vorgestern gedrehten Locken schon zur Hälfte wieder geplättet. Und ihr Blick war unübersehbar misstrauisch. Scheiße, sie merkte, dass irgendetwas nicht stimmte!
Sie suchte den Raum ab.
Nicks Augen huschten panisch umher. Hatte er Spuren hinterlassen? Die Stelle, wo er auf dem Boden gelandet war, sah ganz normal aus. Das Bett wirkte benutzt, obwohl er nicht darin erwacht war.
*Es ist alles okay. Sie kann nichts finden!* Wenn er es nur selber glaubte.
Mama könnte in sämtlichen Krisengebieten dieser Welt als Minensuchhund arbeiten. Falls im Umkreis von zwanzig Kilometern etwas nicht stimmte, fand sie es garantiert heraus.
Sie musterte wieder Nick.
Er konnte nicht verhindern, dass seine Augen ängstlich durch den Raum huschten. Da war doch nichts, was wollte sie denn? Und irgendwie musste er für einen Sekundenbruchteil auch nach oben gesehen haben.
Ihr Blick wanderte zur Decke. Und fixierte den feuchten Fleck.
Mama schüttelte den Kopf und sah ihn vorwurfsvoll an. »Drei Meter hoch. Und über vier vom Bett aus. Mein Gott, Nick.«

***

Nick saß auf dem Schulklo. Nicht zu dem Zweck, zu dem es Schulklos eigentlich gab. Er war ja Nichtraucher.
Er zog sich hierhin zurück, weil der Klassenraum nicht mehr sicher war. Seit Sven ihm dort so übel mitgespielt hatte, brauchte Nick dringend einen anderen Rückzugsraum. Und das Klo im zweiten Stock des Anbaus war ideal. Die Lehrer kontrollierten es kaum. Und alles was Nick wollte, war ein ruhiger Ort, um *Captain America* zu lesen.
Natürlich hatte das Schulklo auch seine Nachteile. Die Nachbarkabine hatte er zuerst betreten - und war gleich rückwärts wieder rausgegangen. Das Klo sah aus, als wäre dem letzten Nutzer die Kimme explodiert.
Die Kabine, in der Nick jetzt saß, war sauber. Aber der Gestank von nebenan umwölkte den Captain, während er Red Skull verdrosch. Heute las Nick wie elektrisiert. Und anders als sonst. Bei dem, was Cap tat, fragte sich Nick, was er an Stelle des Helden tun würde. *Könnte ich es ebenfalls mit Red Skull aufnehmen? Oder mit verrückten Nazi-Wissenschaftlern? Hätte ich den Schild so werfen können, dass Peggy gerettet wird?* Was ihm bisher immer eine angenehme Möglichkeit gewesen war, für eine Weile aus der Wirklichkeit abzutauchen, erschien ihm plötzlich wie die Skizze seiner eigenen Zukunft. *Cool, der Captain rollt sich ab und fängt gleichzeitig die Kugeln mit dem Schild ab. Ob ich das kann? Und wäre ich fähig, Hydra die Köpfe abzuschlagen?* Der Captain hatte natürlich den Vorteil, dass er das alles nicht alleine schaffen musste. Er hatte Peggy Car-

ter, die sexy Top-Agentin. Nick hatte leider niemanden.
Den ganzen Vormittag dachte er schon darüber nach, ob er Be einweihen sollte. Er könnte ihm helfen. Zusammen wären sie wie Batman und Robin. Be käme als Einziger dafür in Frage. Zugleich war er aber auch der Mitschüler, den Nick am wenigsten kannte. Der Neue war erst gestern aufgetaucht. Und sein Verhalten in der Zwischenzeit ließ gewisse Zweifel aufkommen, ob man ihm vertrauen konnte.
Nick hatte reichlich Zeit zum Grübeln. Zum einen segelte der Unterricht heute völlig unbemerkt an ihm vorüber. Niemand kann sich auf Zeitformen des Englischen konzentrieren, während er planen muss, wie er die Welt rettet!
Zum anderen tauchte Be einfach nicht auf. Der Platz neben Nick blieb leer. Anfangs dachte Nick nur, Be hätte verschlafen. Er nahm an, dass Be dafür der Typ war. Aber Stunde um Stunde verstrich ohne eine Spur von ihm. Und Nick begann, sich Sorgen zu machen. Was, wenn Be Frostfeuer in die Hände gefallen war?
Nick wurde schmerzhaft bewusst, dass er versäumt hatte, mit Be Handynummern auszutauschen. *Verflucht, ich will ihn doch bloß anrufen und fragen, ob es ihm gutgeht.* Und Nicks Fantasie malte ihm deutlich aus, wie Be zur Eisskulptur erstarrt dastand. Noch in der panischen Pose, in der er versucht hatte, vor dem Superschurken zu flüchten. Es war jetzt Nicks Aufgabe, Unschuldige vor Leuten wie Frostfeuer zu schützen.
Das war ein eigentümliches Gefühl. Bisher konnte Nick sich ja nicht mal selbst schützen. Er hatte vor der Pause ernsthaft darüber nachgedacht, sich diesmal nicht zu verstecken. Er war bestimmt kampfkräftiger als vor der Verwandlung. Und er brannte darauf, die neuen Kräfte auszu-

probieren. Wenn Sven und die anderen wieder anfingen, ihn herumzuschubsen, würde er ... Vielleicht haute er die Drei einfach k.o. Und dann ließ er sie spüren, was sie ihm all die Jahre angetan hatten. *He, Sven, du dachtest, du bist der Stärkere, was? Wer ist jetzt der Stärkere, sag schon, Sven, wer ist es jetzt?*

Der Gedanke zauberte jedes Mal ein Lächeln in Nicks Gesicht. Dennoch hatte er Svens Clique gemieden und sich stattdessen auf dem Klo versteckt. Er wollte die Superhelden-Identität geheim halten. Und drei Idioten im Kostüm durch die Schule zu prügeln, war da vermutlich nicht besonders hilfreich.

Wäre Be doch nur endlich hier.

Was, wenn er in diesem Moment irgendwo gefesselt in den Klauen von Frostfeuer hing? Der Schurke erklärte ihm seine Pläne und brachte ihn danach um. Und er, Nick, war nicht dort, um ihn zu retten. Warum? Weil er bekloppte englische Grammatik lernte.

Der Captain hatte es wirklich einfacher. Der musste sich bestimmt nicht auf Schulklos verstecken.

Man sollte mal wieder Spiderman lesen. Peter Parker war Schüler und zugleich Superheld. Und irgendwie bekam er beides hin. Vielleicht könnte Nick daraus ja etwas lernen.

Er blätterte voran. Aber die Zweitstory im Heft war Deadpool, nicht Spiderman.

Da hörte Nick diejenigen, die er am allerwenigsten hören wollte.

»Er ist da drin, ich gehe jede Wette ein.«

»Wieso denn? Kannst du Schrumpfpimmel jetzt schon am Gestank seiner Scheiße erkennen?« Sven. Und dann sprach er mit verstellter Stimme. Einen Augenblick später begriff

Nick, dass er selbst das sein sollte. »Oh nein. Sie haben mich gefunden! Hat mich wie immer der Geruch von meinem Angstschiss verraten.«
Die Drei lachten.
Da sagte Marcel: »Im Ernst. Er ist da drin. Ich habe gehört, wie er in einem von den Heften geblättert hat.«
Plötzlich hämmerte es an die Tür. »He, Knick. Mach auf, oder wir kommen rein.«
Superkräfte hin oder her. Aber jahrelange Erlebnisse ließen sich nicht einfach abschütteln. Da war sie wieder. Die nackte Angst. Nur eine dünne Pressholztür trennte Nick von seinen Verfolgern.
»Der ist das nicht.«
»Du Schatten! Natürlich ist der das. Jeder andere hätte doch geantwortet, dass er nicht Knick ist, oder?«
Das Hämmern wurde lauter.
»Knick, deine letzte Chance! Wenn du nicht aufmachst, schwöre ich, wird es richtig ungemütlich für dich!«
Luca flüsterte: »Und wenn der wirklich nicht aufmacht?«
Es folgte eine Pause, die darauf schließen ließ, dass Sven selbst nicht so genau wusste, was er dann vorhatte. »Jetzt weiß ich, was wir machen. Wir füllen die Scheiße aus dem Nachbarklo in die Lunchbox und kippen sie über Knick aus.«
Schadenfrohes Gekicher.
Nick presste die Zähne zusammen. Was gerade noch Angst gewesen war, kippte. Wie viele Jahre hatte er das mitgemacht? Wie lange hatte er seinen Kopf hingehalten? Weil er schwach war. Weil sie zu dritt waren. Weil alle über ihn lachten. Aber damit war nun Schluss! Er ballte die Hand zur Faust.

Plötzlich schoss pure Energie daraus hervor.
Der blaue Strahl ergriff die Klotür und schleuderte sie mühelos aus den Angeln. Sie erfasste Sven, Marcel und Luca und klatschte sie vor die Wand.
Da erstarb der Strahl.
Die Tür stand für einen Moment aufrecht und sinnlos herum, dann kippte sie erst gegen die Klokabinen und schließlich zur Seite weg. Scheppernd landete sie auf dem Boden.
Nick starrte erschrocken die drei Jungen an.
Luca hatte eine fette Platzwunde an der Stirn. Auch Sven lief ein Faden Blut herunter. Nur Marcel schien mit dem einen oder anderen blauen Fleck davongekommen zu sein. Und alle Drei sahen ihn entsetzt an.
Da merkte Nick, dass er das Kostüm trug.
Er stand in der gewaltsam aufgerissenen Kabine, glänzte dunkelrot, das lange Cape hinter sich, während Reste blauer Blitze um seine Hand schossen.
Oh, nein.
Eigentlich war Sven der Wortführer. Aber entweder der Schlag vor den Kopf hatte ihm nicht besonders gutgetan oder er war zu schockiert, um den Mund aufzubekommen. Und so fand Marcel als Erster die Sprache wieder. Überraschung und Furcht zeichneten seine Züge. »S-sorry, Kumpel, wir dachten, da wäre jemand anders drin.«
»Ach, ja?« Selbst für eine ordentliche Ausrede waren sie zu blöd. »Mit wem habt ihr denn gerechnet?«
»N-nur mit so ´nem Looser aus unserer Klasse«, stotterte Marcel. »Tut uns leid. Wir haben gar nichts gegen dich, Mann. Wir suchen woanders weiter, okay?« Marcel bewegte sich auf den Ausgang zu und Sven und Luca schienen

zumindest clever genug, ihm zu folgen.
Und plötzlich begriff Nick.
Sie erkannten ihn nicht!
Das Kostüm war mehr als ein bloßer Dress. Es musste so eine Art Schutz eingebaut haben. Sie konnten ihn sehen. Aber sie stellten den Zusammenhang nicht her. Als ob sie ihn nicht kennen würden.
Die Drei hatten schon fast den Flur erreicht.
»He, ihr!«
Die Jungen erstarrten.
»Ab sofort geht ihr nur noch zu Hause auf Klo, ist das klar? Die Schulklos sind ... äh ... mein Reich. Verstanden?«
Marcel nickte und Sven und Luca beeilten sich, es ihm nachzutun. Dann liefen sie mit einem Affenzahn den Korridor hinunter.
Nick war ganz hin- und hergerissen. Er war sehr zufrieden, den Dreien endlich einmal eins ausgewischt zu haben. In Zukunft würden sie ihn hier in Ruhe lesen lassen. Zugleich beunruhigte ihn, dass sich die Superkräfte einfach so verselbständigt hatten. Sobald das in der Klasse passierte, schützte ihn kein Zauber mehr. Wenn sie sahen, wie er sich verwandelte, verstünde jeder, dass er es war.
Er vergewisserte sich mit einem raschen Blick, dass ihm niemand zusah, und ließ die normale Kleidung wieder herbeifließen.
Es war ein gutes Gefühl, stärker zu sein. Stärker als Sven. Stärker als alle Drei zusammen.
Und er war mordsmäßig durstig. Superheld zu sein, war echt anstrengend.
Nick trank normalerweise nicht aus Schulwasserhähnen. Aber jetzt musste er einfach eine Ausnahme machen.

Er beugte sich hinunter und trank.
Und trank.
Und trank.
Und trank.
Nachdem er endlich aufgehört hatte zu trinken, musste er sich furchtbar beeilen. Er kam zehn Minuten zu spät zur Biostunde und war noch durstiger als vorher.

## 7. Kapitel:

# Gut gekotzt,

# schlecht gezielt

Als Nick auf dem Nachhauseweg war, fühlte er sich elend. Sein Magen schmerzte vom vielen Trinken, bei jedem Schritt konnte er das Wasser gluckern hören. Hinzu kam eine Übelkeit, die stets wieder neu aufstieg.
Unbegreiflicherweise war der Durst kein bisschen geringer geworden.
Da ging etwas mit ihm vor, das er nicht verstand. Etwas, das ihm Sorgen machte. Aber so, wie er jetzt litt, sollte er sich am besten zu Hause einfach hinlegen. Auf jeden Fall musste er verhindern, dass Mama ihn zum Arzt schickte. Nach den Veränderungen, die letzte Nacht mit ihm vorgegangen waren, würde er womöglich für immer in einer Klinik verschwinden.
Nick lehnte sich an die Garage der Sunderlands. *Gott, ist mir schlecht.* Er hätte wirklich nicht solche Mengen trinken sollen. Er fühlte sich wie nach einem Tag Salzstangen kauen in der Sauna. *Das ergibt doch keinen Sinn. Entweder ich bin ausgetrocknet oder ich habe zu viel getrunken. Bei-*

*des zugleich geht nicht.* Aber sosehr der Verstand auch darauf beharrte, seinen Körper konnte er davon nicht überzeugen.
Gegenüber parkte eine schwarze Limousine.
Ein sehr großes und schickes Auto. Die Leute hier in der Siedlung fuhren Kombis, damit ihre Kinder hineinpassten. Oder sie schafften sich kleine Stadtflitzer als Zweitwagen an. Die Limousine sah eher so aus, als hätte der Chef von Daimler beim Frühstück gesagt: *James, fahren Sie mich heute mal in ein Mittelstandsviertel. Ich möchte mir den Plebs ansehen.*
Der Wagen hatte ein Berliner Kennzeichen und verspiegelte Scheiben.
Der dicke Wasserbauch, der einmal Nick gewesen war, löste sich von der Garagenwand. Noch ein paar Minuten, bis er zu Hause war. Und dort konnte er den ganzen Abend über abwechselnd schlafen und pinkeln.
Plötzlich schwappte die Übelkeit hoch.
Nick krümmte sich und spie Erbrochenes gegen Sunderlands Gartenzaun. Eine Welle brachial stinkender Kotze. Ein kurzer Augenblick, um Atem zu holen und sich zu ekeln. Daraufhin eine zweite Welle. Und eine dritte.
Endlich ebbte das Würgen ab.
Nick spuckte noch einige Male, um die widerlichen Reste aus dem Mund zu bekommen.
Dann betrachtete er sein Werk.
Ein mächtiger, kräftig nach unten austropfender Kotzfleck. Sunderlands Zaun war aus grün lackiertem Stahl. Das passte farblich halbwegs. Überhaupt hatte Nick hauptsächlich Flüssigkeit ausgespien. Unmengen an Wasser, mit Bröckchen vom Pausenbrot und Magensäure durchsetzt.

Von den Sunderlands war nichts zu sehen.
Nick ging unauffällig weiter.
Abgesehen von einem wirklichen üblen Nachgeschmack fühlte er sich jetzt ein wenig besser. Wahrscheinlich hatte er einfach nur zu viel getrunken. Wenn er so darüber nachdachte, hatte er im Tagesverlauf auch ein mittleres Wasserwerk leer gesoffen. Nur der Durst war nicht verschwunden.
Nick bog in den Langackerweg ein und sah in der Einfahrt bereits den Wagen seiner Eltern. Die Übelkeit klang mehr und mehr ab und er beschloss, sich doch nicht hinzulegen. Er könnte mit Schnüffkes eine Runde drehen und endlich versuchen, den Kometen zu finden. Am besten fragte er die Nachbarn. Irgendwer musste den Einschlag ja gesehen haben.
Als er die Haustür aufschloss, rief ihm Mama entgegen, er solle die Getränkekästen aus dem Kofferraum mitbringen. Nick kehrte zurück, ohne den Rucksack abzunehmen. Die Kästen waren randvoll. Und er hatte von früheren Gelegenheiten noch gut in Erinnerung, wie viel sie eigentlich wogen. Aber jetzt hob er sie hoch, als wäre nur Schaumgummi darin. *Gewicht! Ich muss das Gewicht spielen!* Nick sackte ein wenig in die Knie und setzte einen verbissenen Ausdruck auf. So vorbereitet schlurfte er nach drinnen und stellte die Sachen in der Küche auf die Ablage.
Mama sah ihn mit vor der Brust verschränkten Armen an. Hatte er es übertrieben? Nein, da würde sie nicht so vorwurfsvoll gucken. Sie hatte doch nicht etwa mit Sunderland telefoniert? Oder ging es immer noch um den Fleck an der Zimmerdecke? Ach, verflucht, konnte sie es nicht einfach sagen?

Er legte sein unschuldigstes Lächeln auf und nickte ihr zu.
»Ich, hm, geh´ dann mal mit dem Hund raus.«
»Nicht so schnell.«
Nick fummelte am Sweatshirt herum und übte sich in Unschuldsmienen. Mama stand da wie das Standbild *Die Frau mit dem Vorwurf*.
»Vorhin war jemand für dich hier.«
»Aha«, machte Nick. Während er sich mühte, die Ruhe zu bewahren, ratterte sein Verstand die Optionen durch: Windisch? Schon möglich, heute morgen hatte Nick keinen glanzvollen Auftritt gehabt. Sunderland? Ne, der hätte Nick ja unterwegs überholen müssen. Frostfeuer? Nein, dann könnte er mit Mama jetzt nur noch die Cocktails kühlen.
»Ein junger Mann wollte dich sprechen.«
»Aha«, machte Nick erneut. Er hatte keine Ahnung, wen sie meinte. Und es war ihm völlig unklar, warum das seine Schuld sein sollte. Was auch immer.
»Er sagte, es sei sehr dringend.«
Nick zuckte mit den Achseln und sah sie fragend an.
»Und dann hat er eine Nachricht für dich hinterlassen.« Mama zog einen sorgfältig zwei Mal gefalteten Zettel aus der Tasche. Und sie nahm die Lesebrille, die ihr an einer Kette um den Hals hing.
*He, das ist privat!* hätte Nick gerne gerufen. Aber irgendwie hatte er nach wie vor das Gefühl, unter Anklage zu stehen.
Mama las vor: »Nick, komm so schnell du kannst! Sie sind unterwegs! S.H.I.E.L.D.! Die NASA! Die UNO! HYDRA! Sie kommen!«
Hm, das klang nach Be. Oder zumindest nach Be, dem ein,

zwei Sicherungen zusätzlich durchgeschmort waren. Nick räusperte sich. »Ja, ähm, danke.« Er streckte die Hand nach dem Zettel aus.

Aber Mama zog das Papier weg. »Nicht so hastig, junger Mann.«

Nick druckste ein wenig herum. Er blies sich eine Haarsträhne aus dem Gesicht. »Ist noch was?«

Mama gestikulierte mit dem Blatt. Nur sah es eher so aus, als schlüge sie mit einem unsichtbaren Hammer Löcher in die Luft. »Nehmt ihr Drogen?«

»Was? Nein!« Die Antwort kam so schnell, dass sie einfach glaubwürdig wirken musste. Oder war sie zu eilig und wirkte gerade deswegen jetzt total unglaubwürdig? Ach, Mist, vielleicht hätte er doch besser langsam geantwortet. Nick riskierte einen vorsichtigen Blick auf seine Mutter. Ihre Augen sprühten Funken.

»Ihr nehmt also keine Drogen?«

»Ja, nein. Ich meine: *nein*!«

Sie hatte die alles durchschauende Röntgenapparat-Lügendetektor-Funktion aktiviert. Das war ihre Superfähigkeit. Und sie könnte damit die kompletten Avengers auslöschen. »Das heißt, wenn ich Herrn Windisch anrufe und frage, ob du in letzter Zeit im Unterricht unkonzentriert wirkst, dann wird er mir sagen, dass alles in Ordnung ist?«

Oh, Scheiße! Hatte sie etwa bereits mit Windisch telefoniert? Das war vielleicht ein Trick. Der Trick konnte in einer Finte bestehen. Oh, und er musste sich schnell entscheiden. Falls er noch länger schwieg, machte ihn schon alleine das verdächtig. »Äh, ich arbeite mit wie immer.« Bestimmt war eine kleine Lüge bei Superhelden okay. Zumindest bei denen, die Stalins Amme zur Mutter hatten.

»Und wenn ich deine Tasche durchsuche, werde ich da nichts finden?«
*Doch*, dachte Nick unbehaglich. *Einen Haufen Comic-Hefte, die du mir nach dem Elternsprechtag für die Schule verboten hast.* »Was solltest du denn da finden?«, fragte er so harmlos wie möglich.
»Und du bist nicht in letzter Zeit ungewöhnlich blass und hast mit Übelkeit zu kämpfen?«
Shit, hatte sie wirklich mit Sunderland gesprochen? Jetzt bloß nicht aus der Fassung bringen lassen. »Mama«, sagte er vorwurfsvoll, »über unserem Haus ist ein Flugzeug abgestürzt und vor dem Keller lag eine tote Kuh. Überleg´ mal, was das mit der Seele eines zarten Kindes macht.«
Sie lächelte verständnisvoll. »Du hast natürlich recht. So etwas steckt man nicht einfach weg.« Aber die obere Hälfte ihres Gesichtes lächelte nicht mit. Ihre Augen schrien *Ich habe dich durchschaut, und es ist nur eine Frage der Zeit, bis ich es beweisen kann.*
»Ach, es geht schon«, plapperte er. Oh Gott, wenn irgendwer ihr das mit Sunderlands Gartenzaun erzählte, war Nick geliefert.
Nick nestelte unbehaglich an der Schlaufe des Rucksacks herum. Da fiel ihm auf, dass das Mama auf die Idee bringen könnte, doch seine Tasche zu kontrollieren. Rasch ließ er los.
Mama sah die hektische Bewegung und ihre Augen verengten sich.
»Ich, hm, will dann jetzt mal los. Du weißt ja.« Er deutete auf den Zettel, den sie immer noch nicht rausrückte. »Es ist eilig.«
Nick flüchtete sich nach draußen. Er hatte nicht einmal die

Schulbücher ausgepackt. Aber das Gewicht spürte er kaum. Er sollte so schnell wie möglich zu Be. Die Nachricht war zwar völlig rätselhaft, doch wenn Be deswegen den ganzen Tag blaumachte, musste es wichtig sein.
Nick lief die Gasse entlang, vorbei an einer schwarzen Limousine und um die Biegung zum Dellauerweg.

***

Wenn man bedachte, wie dringlich die Sache angeblich war, dauerte es erstaunlich lange, bis jemand die Tür öffnete. Als sie doch noch aufging, nuschelte Be eine Entschuldigung und ging voraus in sein Zimmer.
Der Boden sah genau so aus, wie ihn Nick gestern zuletzt gesehen hatte. Er lag voller Comics. Auf dem Bett standen einige Teller mit Essensresten und ein nur mehr halbvoller Pizzakarton. Das Gruseligste aber war Bes Schreibtisch. Zur Hälfte wurde er von wüst herumliegenden Ausgaben von *Wonderwoman*, *Flash* und *Aquaman* eingenommen. Die andere Hälfte bildeten Zettel mit Notizen, die in krakeliger Handschrift Zeile an Zeile fügten. *Hat Einstein den Postraub von 1869 begangen? - Unheimliche Lichtphänomene über dem Genfer See! - Kind mit Fell geboren.* Be setzte sich auf einen Drehstuhl und wühlte in dem Durcheinander.
Nick wartete. Er wartete so lange, bis er sicher war, dass Be seine Anwesenheit vergessen hatte. Dann tippte er Be auf die Schulter.
Der fuhr herum, als hätte ihn ein Dolch aufgespießt.

»Scheiße! - Nick?«
Nick zeigte vage in das ganze Zimmer. »Warst du deswegen heute nicht in der Schule?«
»Schule, ha!« Be pflügte sich durch die Haare. »Eine Erfindung der Mächtigen, damit die Menschen nicht kapieren, was wirklich vor sich geht.«
»Hast du eigentlich letzte Nacht geschlafen?«, fragte Nick aufs Geratewohl.
»Geschlafen?«, wiederholte Be. »Ja, ich habe geschlafen. Aber dann hatte ich eine Idee!«
»Im Schlaf?«
»In der Dimension, die unser Bewusstsein nachts ...«
Nick winkte rasch ab. »Äh, sagen wir einfach im Schlaf, okay?«
Plötzlich riss Be die Augen auf. »Du bist genial!«
Nick hatte nichts gegen Komplimente, nur normalerweise wusste er ganz gern, warum er eins bekam. Doch Be rutschte auf die Knie und fischte ein Heft neben seinen Füßen auf.
»Es ist runtergefallen! Natürlich.« Dann wedelte er damit Nick vor der Nase herum. »Tales of the Unknown #42, Originalversion, es steht alles drin.«
»Das ist bestimmt spannend«, vermutete Nick. Auch wenn er sich selbst dafür verabscheute, aber inzwischen gewann Mamas Drogen-Vermutung eine gewisse Glaubwürdigkeit. »Hör mal, Be, du hast geschrieben, ich müsste unbedingt sofort zu dir.«
Be nickte drei Mal hintereinander, kurz und abgehackt. »Ich habe mit denen telefoniert. Sie kommen! Nicht die, die anderen!«
»Du hast *mit wem* gesprochen?«

»Mit den UFO-Männern!« Be begann, wieder auf dem Schreibtisch herumzuwühlen. Nick fürchtete, er könnte erneut in Vergessenheit geraten. Den ganzen Tag hatte er sich gefragt, ob er Be von der Verwandlung erzählen sollte. Und er hatte sich ausgemalt, wie die Reaktion darauf ausfiele. Nun wusste Nick wenigstens eines: Wenn Be verrückt würde, läge es nicht an der Neuigkeit.
Be tauchte aus den Notizen auf und hielt triumphierend ein Post-it hoch, das ihm am Daumen klebte. »Aha! Deutsches Zentrum für Luft und Raumfahrt.«
»Da hast du angerufen?«
»Wegen des Kometen! Es steht alles hier drin.« Er pappte den Zettel mitten auf das Comic-Heft. »Ausgabe 42, das Alien landet. Ein kleiner Junge und sein Hund beobachten die Landung mit dem Fernglas. Also der Junge mit dem Glas, der Hund hat auch so gute Augen. Aber als sie am nächsten Morgen mit der Polizei eintreffen, sehen sie ...« Er klappte das Heft auf. Es fiel eigentlich eher wie von selbst an einer bestimmten Stelle auf. Da war ein schönes, doppelseitiges Bild von einem Spiegelsee im Wald. Be schien irgendeine Reaktion zu erwarten.
»Sie finden nichts?«, schlug Nick vor.
Er merkte an Bes angewiderter Miene, dass das nicht die gewünschte Antwort war. Und plötzlich machte es *Klick*. »Sie entdecken einen See!«, rief Nick aus. »Doch es ist gar kein Wasser, richtig?«
Be blätterte in Lichtgeschwindigkeit zur letzten Seite. Man sah wieder den Wald und den kleinen Jungen am See. Nur die Polizei war inzwischen verschwunden. Ein Baum am Ufer und das Wasser des Sees verschmolzen zu einer gallertartigen Masse, die gerade dabei war, den Jungen zu

verschlingen. Er schrie um sein Leben und streckte die eine Hand, die noch frei war, hilfesuchend dem Leser entgegen. Darunter stand *The End*.

»Das ist kein See«, sagte Nick. »Der Außerirdische ist nie weg gewesen. Er hat sich nur verwandelt in den See und den Wald.«

Be sprang auf und lief zum Fenster. Auf halbem Weg geriet er kurz über wegrutschende Comic-Hefte ins Straucheln, fing sich aber wieder, und schaffte den Rest der Strecke. Er stützte sich mit den Ellbogen auf das Fensterbrett.

Draußen dämmerte es.

»Das ist kein Teich mehr. Oh, nein!«

Nick stieg vorsichtig über die Hefte. Eine Schande, überhaupt darauf zu treten. Dann ließ er sich neben Be nieder, indem er dessen Pose imitierte. Man sah die Strahlen der untergehenden Sonne rot auf der Wasseroberfläche des Weihers glühen. Gestern hatte er gedacht, dass Be ihn anlog wegen des Kometeneinschlags. War es eigentlich gelogen, wenn er selbst daran glaubte? »Du willst sagen, dass wir gerade einen Außerirdischen angucken?«

Be sah ihn intensiv an. Er hatte lauter Bartstoppeln. Als ob er schon achtzehn wäre oder so. »Ich habe mit dem Raumfahrtzentrum telefoniert. Aber die haben mich weiterverbunden. Immer weiter. Ich habe mit allen gesprochen: Inlandsgeheimdienst, Auslandsgeheimdienst, Bundeshaupt ... vorsitzende. Ich schwöre, ich war zehn Sekunden davor, mit dem amerikanischen Präsidenten zu sprechen.«

»Ich weiß nicht, ob der in einem deutschen Amt ans Telefon ...«

Be wischte den Einwand großzügig weg. »Ich habe mit allen gesprochen! Du, es ist kein Zufall, dass die Presse es nicht gebracht hat. Das ist ein riesen Ding! Wir sind einer supergeheimen Sache auf der Spur. Die kommen gleich her, mit Anti-Alien-Einheiten und so. Wow, ein Laserstrahler-Fight in unserem Garten. Ich habe dich eingeladen, damit du nichts verpasst. Hier bist du direkt dran.«

Nick wusste gar nicht, was er sagen sollte. Er war gerührt, dass Be an ihn gedacht hatte. Nick wurde sonst nie eingeladen. Und er täte jetzt nichts lieber, als mit Be eine Packung Popcorn zu leeren, während sie draußen den Kampf Geheimdienst gegen Aliens beobachteten. Leider hatte er das Gefühl, dass Be sich da möglicherweise ein kleines Bisschen verrannt hatte.

Er trommelte mit den Fingern auf dem Fensterbrett und überlegte, wie er es Be nur beibringen konnte. Er suchte nach den richtigen Worten. Be durchbohrte mit Blicken die Dunkelheit, um nur ja nichts zu verpassen. Nick musste sich eingestehen, dass er nicht die richtigen Worte fand. Vielleicht gab es für solche Gelegenheiten gar keine richtigen Worte. Man sprach es nur einfach an und dann tat es weh. Er musterte Be unauffällig von der Seite. »Hör mal, ich möchte dir was sagen.« Es erfolgte keine Reaktion, also redete er weiter. »Hörst du?«

Be blinzelte. »Zuhören, ja.«

Nick rieb mit dem Finger über die immer gleiche Stelle des Fensterbrettes. Er versuchte, Be anzuschauen, aber Nicks Augen glitten wiederholt nach unten. »Ich glaube, dass vielleicht überhaupt niemand kommen wird.«

Be musterte ihn. Etwas an ihm löste sich. Eine starke Anspannung fiel von ihm ab. Und machte Enttäuschung Platz. Nick hasste sich dafür, das gesagt zu haben. Nun ließ es sich nicht mehr zurücknehmen. Be sah ihn mit diesem enttäuschten Gesicht an. »Meinst du etwa, ich erzähle Scheiß?«

»Nein, nein. Es ist nur so, dass ich vermute, es kommt niemand mehr.«

»Natürlich wird jemand kommen!« Be wurde lauter. »Ich habe mit ein paar ganz großen Nummern gesprochen. Die wissen, was hier abgeht! Aber sie haben das Ding noch nicht gefunden. Und jetzt kommen sie, um es zu holen! Und sie wären schön blöd, wenn sie keine Laserkanonen ...«

»Be! Be!«, rief Nick dazwischen, doch er konnte den Redefluss einfach nicht stoppen. Be plapperte immer weiter.

»BRUCE!«

Endlich verstummte er.

Nick sah ihn flehentlich an. »Ganz egal, mit wem du da telefoniert hast. Es wird überhaupt niemand kommen, verstehst du?«

Nick wollte noch mehr sagen. Aber etwas hielt ihn davon ab. Er sah irritiert den eigenen Atem an. Die Luft kondensierte plötzlich, kaum dass sie seinen Mund verließ. Be erging es nicht anders. Nick sah zum Fenster, auf dem sich Eisblumen bildeten.

Und dann wurde es richtig kalt.

# 8. Kapitel:

# Bis aufs Blut

Durch die Eisblumen war ein Schatten erkennbar, der sich rasend schnell näherte.
Nick und Be warfen sich bäuchlings auf die Comics.
Das Fenster explodierte und ein Hagelschauer aus Scherben prasselte auf sie. Nick verbarg unwillkürlich den Kopf unter den Händen und spürte, wie sich feine Nadeln in seine Unterarme bohrten.
Kaum war der Glasschauer vorüber, wurde er am Hals gepackt und in die Höhe gerissen. Frostfeuer hielt ihn mühelos am ausgestreckten Arm. Am anderen Arm steckte Be.
Die unmenschliche Stimme des Superschurken drang durch die Maske: »Widersetzt ihr euch mir, bringe ich die Zellen in euren Körpern zum Platzen.«
Nick hatte Mühe, Luft zu holen, weil der kalte Griff ihm die Kehle zudrückte. Er könnte sich mit Superkraft wehren, aber dann würde er seine Geheimidentität preisgeben.
»Was willst du von uns?«, röchelte er.
Ein eisiges Klirren erklang. *So klingt es also, wenn er lacht.*
»Von dir, Knick, überhaupt nichts.« Die eiskalten Augen fixierten Be. »Wo ist er?«
Be war inzwischen tiefrot angelaufen. Mühsam presste er

hervor: »Wer?«
Statt einer Antwort legte sich weißer Reif über sein Gesicht.
»Verkaufe mich nicht für dumm. Ich will wissen, wo er ist.«
Bes Lippen färbten sich blau. Er schien kaum noch Worte formen zu können. »Keinen Dunst, wovon du sprichst.«
Plötzlich wuchsen Eiszacken aus Frostfeuers Fingern. Knirschend schoben sie sich um Be herum. Die Augenlider wurden schwer und sanken langsam herab.
*Er erfriert! Der Schurke bringt ihn um!*
»Wo ist der verdammte Meteorit?«
Be konnte bereits nicht mehr antworten. Das Eis war kurz davor, sich um den Kopf zu schließen.
Nick begann, im Griff zu zappeln. »Lass ihn in Ruhe! Er hat dir überhaupt nichts getan!«
Das frostig-klirrende Lachen kehrte zurück. »Aber Knick, als ob es darauf jemals angekommen wäre.«
*Be, verflucht, der Typ brachte Be um!* Nick packte nach Frostfeuers Fingern an seinem Hals. Er versuchte, die eisige Klaue auseinanderzudrücken. Tatsächlich bog er das blaue Gummi der Handschuhe langsam weg.
Da schleuderte Frostfeuer ihn mit voller Wucht gegen die Wand.
Doch Nick kam niemals dort an.
Während er durch die Luft flog, schoss ihm das Adrenalin in die Adern. Sekundenbruchteile dehnten sich zu Minuten. Nick sah sich selbst auf die Mauer zufliegen. Er sah Frostfeuer mit dem sterbenden Be im Griff. Und er verstand: Manchmal war der Preis für ein Geheimnis einfach zu hoch.
Nick befahl die Macht herbei.

In beispielloser Geschwindigkeit schloss sich das Kostüm um seinen Leib. Er fühlte sich in Richtung der Wand sausen und fing sich mit einem eleganten Flugmanöver ab.
Nick schwebte einen halben Meter vor dem Stein in der Luft, stahlgrau und rot glänzend, das Cape umwehte ihn. Um die Fäuste knisterte blaue Energie. Und als er sprach, erkannte er die eigene Stimme kaum wieder. »Lass. Ihn. Los.«
Frostfeuer stand da wie eine seiner Eisskulpturen. Dann warf er Be achtlos auf das Bett, wo er leblos auf dem Pizzarest im Karton und klappernden Tellern aufschlug.
»Du weißt es also auch.« Frostfeuer schien die Fassung rasch zurückzugewinnen.
*Was weiß ich? Wovon redet der?* »Ich weiß nur, dass du hier nichts verloren hast.«
Frostfeuer schoss ohne Vorwarnung. Ein weißblauer Eisflammenstrahl erwischte Nick und fror seinen halben Körper an die Wand. Er hing wie eine Fliege im Fliegenfänger, die freie Hand glitt hilflos über die Oberfläche des Eisblocks. Nein! Wenn es so nicht ging, musste es eben anders gehen. Nick spannte die Muskeln an. Das Eis knirschte. Er spannte noch stärker an. Es knackte. Er holte tief Luft und setzte all seine neue Kraft ein, bis ihm der Schädel zu platzen drohte.
Plötzlich zersprang das Eis!
Die Bruchstücke stürzten zu Boden und zerschlugen dort in kleinere Brocken.
Nick war frei. Erst jetzt, da das Eis fort war, schoss ihm der Schmerz durch den Körper. *Das sind Erfrierungen! Ich muss ihn irgendwie aufhalten.*
Nick zielte und ein Strahl aus purer Energie raste auf

Frostfeuer zu. Der warf sich im letzten Moment zur Seite und flog durch das Zimmer. Nick feuerte hinterher. Der blaue Lichtstreifen teilte die Tapete und brachte die Mauer zum Dampfen. Er zerschnitt eine Stehlampe, deren Schirm haltlos geworden runterschepperte. Dann traf er Bes Monitor und schmolz ihn in zwei Hälften.
Bloß Frostfeuer traf er nicht.
Der sauste durch die Luft, drehte waghalsige Bögen und wich aus, wann immer der Strahl auch nur in seine Nähe kam. Und er begann, Eiszapfen zu schleudern. Er warf sie locker aus dem Handgelenk.
Messerscharfe Spitzen bohrten sich neben Nick in die Wand.
Scheiße, gleich trifft er mich! Ich muss mir was einfallen lassen. Schnell.
Frostfeuer schleuderte einen Eiszapfen. Er schnitt sich in Nicks Bein, direkt über dem Knie. Der Schmerz schrie den Schenkel hinauf.
Nick biss die Zähne zusammen und feuerte rechts von Frostfeuer auf die Mauer.
Der Gegner wich nach links aus.
Wo ihn ein zweiter Strahl traf, den Nick mit Links schoss.
Der Schuss warf Frostfeuer mit dem Rücken gegen die Wand. Der Schurke hob die Hände zur Brust und ein Eispanzer wuchs aus dem Nichts, um ihn zu schützen. Nick lenkte den ersten Strahl hinzu. Beide Energien vereint ließen das Eis zerplatzen wie unter Hammerschlägen. Dampf zischte. Doch Frostfeuer schuf immer neue Schilde. Das Eis stürzte nur so aus seinen Fingern, um sogleich unter dem Ansturm blauer Energie pulverisiert zu werden. Und ständig quoll schon wieder mehr hervor.

Nick schwitzte.

Wie lange kann ich das durchhalten? Und wie lange er? Ich darf es nicht darauf ankommen lassen.

Ununterbrochen weiterfeuernd warf er sich plötzlich voran. Er sauste mit aller Kraft, mit ganzer fantastischen Schnelligkeit auf Frostfeuer zu. Und dann prallte er auf den Feind. Beide stürzten gemeinsam weiter, durchschlugen mit einem gewaltigen Krachen die Mauer und segelten in einer wahren Sturzflut aus Steinen und Mörtel in das Ehebett der Darrells.

Nick sprang auf die Beine.

Blaue Blitze schossen unkontrolliert aus seinen Augen. Er sah Frostfeuer unter sich aufblitzen wie in der Disco. Er schlug mit der Faust auf ihn ein. Der Schlag verselbständigte sich, wiederholte sich wieder und wieder. Hämmerte von Supergeschwindigkeit getrieben wie ein Trommelfeuer auf den Schurken herab.

Das Schwein wollte Be töten! Das Schwein hatte ihn *Knick* genannt! Das Schwein hatte *Schrumpfpimmel* gesagt! Nie wieder würde jemand so mit ihm umgehen. Nie wieder. Nie wieder. Nie ...

Nick hielt mitten im Angriff inne.

Die Energie des nicht mehr ausgeführten Hiebes entlud sich in einem grellen Blitz aus der Hand.

Das da unten war ein Mensch.

Ein Arschloch, ja. Eines von denen, die ihn mobbten und traten. Ihn quälten und entwürdigten. Doch hinter der Maske steckte ein Mensch. Ein Mensch, der auch lächeln konnte und seine Freunde liebte und Gutes tat. Vielleicht hatte Frostfeuer solche Dinge nie getan. Aber er *könnte* sie tun. *Es sei denn, ich bringe ihn jetzt um. Dann nehme ich*

*ihm jede Chance, jemals besser zu werden.*
Nick sah auf die kümmerliche Figur herab. Den Mann, der so gewaltige Stärke besaß und damit nichts anzufangen wusste, als andere zu quälen. Und Nick sah, dass die Augen jenseits der Sehschlitze angstvoll aufgerissen waren.
Als Frostfeuer sprach, war seine Stimme ungewöhnlich leise. Wie das Klirren kleiner Eiszapfen im Wind. »Es fehlte nicht viel und du hättest mich umgebracht!«
Nick schwebte von dem Bett herunter und landete davor. Er antwortete, indem er Frostfeuer mit Daumen und Zeigefinger einen winzigen Abstand zeigte.
Und Frostfeuer verstand. Aber *wie viel* Erkennen war unter der Maske? War es Sven oder ein anderer, den er kannte? Verbarg sich in dem Kostüm jemand, der die ganze Bedeutung begriff? Frostfeuer regte sich. Er taumelte in die Höhe, beide Hände erhoben. Hilflos. »Was wirst du mit mir tun?«, fragte er Nick. Da er keine Antwort bekam, fuhr er fort. »Ich werde euch nicht mehr heimsuchen. Du hast mein Wort.«
Nick sah Frostfeuer an.
Frostfeuer sah Nick an.
Augenblicke verstrichen.
»In Ordnung«, sagte Nick. »Hau ab!«
Und Frostfeuer ging. Er kletterte über Mauerreste zurück in Bes Zimmer. Und flog durch die zerstörte Scheibe davon.

***

Als Nick aus dem Wanddurchbruch kletterte, schmerzte

sein Oberschenkel nur noch leicht. Der Eiszapfen war abgebrochen oder geschmolzen. Und von der Verletzung war nichts zu sehen - was aber hauptsächlich daran lag, dass das Kostüm sich über dem Schnitt einfach wieder geschlossen hatte.

Be saß auf der Bettkante. Er schien keine größeren Schäden davongetragen zu haben. In seinem Haar steckte eine Salamischeibe.

Nick setzte sich neben Be. Jedenfalls versuchte er es. Das Cape erwürgte ihn beinahe. Er sollte beim Hinsetzen darauf achten, es vorher zurückzuschlagen. Beim zweiten Anlauf klappte es besser.

Der Raum sah tatsächlich noch wüster aus als vor dem Kampf. Der Teppich aus Comic-Heften wirkte nun zerfleddert. Eine halbe Stehlampe und ein in der Mitte zerschnittener Monitor lagen dort. Dazwischen glitzerten Glassplitter. Die Kälte, die Frostfeuer ausgestrahlt hatte, war fort, doch von draußen kam nun die Kühle der Nacht herein.

Be sagte kein Wort. Er musste ja einiges verdauen. Gerade hatte sein Gast sich einfach so in einen Superhelden verwandelt. Und das Haus verwüstet. Und Be nur knapp das Leben gerettet. Nick traute sich auch nicht, etwas zu sagen. Er wollte nicht, dass Be es auf diese Art erfuhr. Und dass Nick nebenbei das Zimmer in Schutt und Asche legte, machte es nicht besser. Das Schweigen war furchtbar. Nick hätte zu gern gewusst, wie Be das alles aufnahm. Aber solange er schwieg, wusste er es vielleicht selbst nicht. Oder er war so wütend, dass er lieber stumm blieb. Oder so enttäuscht, dass ihm die Worte fehlten.

Nick musterte seinen Nachbarn verstohlen aus dem Augenwinkel.

Er sah, dass Be das Gleiche tat.
Nick grinste. Be grinste.
Nicks Magen knurrte. Er hätte es nicht für möglich gehalten, doch der Durst war noch schlimmer geworden.
»Alles okay bei dir? Bist du verletzt?«
Nick wiegelte ab, es sei schon in Ordnung.
Dann starrten sie wieder vor sich hin.
Es kühlte allmählich ab. Man würde heute Nacht eine Pappe vor das Fenster kleben müssen.
»Wie heißt du?«, fragte Be schließlich.
»Ich bin´s, Nick.«
»Nick. Okay.«
»Du erkennst mich nicht, weil ...« Nick hatte keine Ahnung, wieso. War vielleicht eine Superkraft?
»Ist klar, dass du Nick bist«, sagte Be. »Ich kann dich sehen. Ich erinnere mich nur nicht, dass dein Gesicht das von Nick ist. Aber ich weiß, dass es das sein muss. Ich habe gesehen, wie du dich verwandelt hast.«
»Oh, gut.«
»Ich meine: Wie heißt du jetzt?«
»Mit meinem Superheldennamen?«
»Ohne bist du kein richtiger Superheld.«
*Wo er recht hat, hat er recht. Mal sehen. Ich kann 1a-Energiestrahlen schießen und Blitze werfen. Ich fliege und bin superstark. Oh, und ich verändere meine Frisur. Aber Power-Haar klingt doof.*
Be wischte den Pizzakarton beiseite und lehnte sich zurück. »Vielleicht Blitz-Boy?«
»Das hört sich zu sehr nach Blitzkid aus der Legion der Superhelden an.«
»Elektro ist ebenfalls schon vergeben.«

»Es ist auch kein Strom, den ich werfe, glaube ich«, sagte Nick. *Ich brauche einen eigenen Namen. Einen, der zur mir passt. Spiderman hat seine Kraft von einer Spinne. Iron Man aus der Eisenrüstung. Und ich? Von einem Schokotrüffel. Aber Schokotrüffel-Man ist blöd. Eigentlich war es ja ein Komet. Also Komet-Man? Das ist ja fast noch dämlicher. Hm. Be hatte den Kometen beschrieben als Stein, der so schwarz war wie …*

»Basaltblitz!«, rief Nick.

Be besah sich das Kostüm vom Hals bis zu den Füßen. »Basaltblitz«, wiederholte er und wog das Wort ab. Er fasste nach dem Cape und ließ es sich durch die Finger gleiten. Dann legte er es übertrieben vorsichtig wieder zurück. Er beugte sich vor und inspizierte Nicks Brust.

Durst. Dieser verfluchte Durst. Bes Geruch schien es noch schlimmer zu machen. Seine Haut verströmte einen Duft, der unglaublich *lecker* war.

Nick konzentrierte sich mit aller Kraft auf die Salami im Haar. Er roch sie. Ihre Note hing schwer über dem süßen Aroma von Be.

Endlich ließ er von Nick ab. »Da fehlt ein Blitz.«

»Hm, das würde passen«, musste Nick zugeben. Nur konnte er leider nicht nähen. Und das Kostüm Mama zu geben war eine ganz schlechte Idee. Er kam nicht mehr dazu, den Gedanken auszusprechen, denn in diesem Moment kräuselte das Material auf seiner Brust sich und ein stahlgrauer Blitz in roter Umrandung erschien.

»Wow, du kannst dein Outfit verändern«, stellte Be fest, als wäre es von allem, was hier vorgefallen war, das Beeindruckendste.

Nick wollte etwas sagen. Es entglitt ihm. Durst. Er hatte so

furchtbaren Durst.
»Seit wann bist du ein Superheld?«
»Seit heute.« Nick beschrieb ihm, was sich im Verlauf des Tages zugetragen hatte. Er fing an beim Aufwachen an der Zimmerdecke und schilderte den Schultag. Nur den sonderbaren Durst ließ er aus irgendeinem Grund weg.
»Seit heute«, echote Be. In seinem Kopf schienen die Räder zu rattern.
Nick ahnte, warum. Die Häufung von außergewöhnlichen Ereignissen konnte kein Zufall sein. Frostfeuer. Basaltblitz. Der Komet. Be hatte behauptet, der Komet sei nun ein Gartenteich und inzwischen war Nick geneigt, ihm zu glauben. Und ein Stück des Kometen war auch ein Schokotrüffel gewesen. Wo zur Hölle war da der Zusammenhang?
Er hatte das Gefühl, die Antwort auf all diese Fragen läge direkt vor ihm, aber der Durst schob sich vor die Lösung. Trinken. Er musste unbedingt trinken. Nick hörte ein Rauschen wie das Rauschen eines unerschöpflichen Stroms von Wasser. Trinken. Nur trinken. Doch da war ein Rhythmus in dem Rauschen. Ein Pulsieren. Wie von …
»Wann hat das angefangen?«, fragte Be.
Nick fand mit Mühe in die Realität zurück. »Heute Morgen«, erwiderte er. Seine von diabolischem Durst gepeinigten Gedanken schraubten sich mühsam durch die Materie. »Gestern«, korrigierte er dann. »Nein, vorgestern. Da ist der Komet abgestürzt. Ich sah gerade fern und …«
Plötzlich sprang Nick auf.
»Ich hab´s!«
»Aha. Okay.«
Nick gestikulierte wild und klappte ein paar Mal den Mund auf und zu, ohne dass ein Ton herauskam. »Ich weiß

es! Warum das alles passiert!«
Be kratzte sich am Kopf und die Salami verrutschte ein Stück. »Außerirdische?«
Nick winkte so heftig ab, dass kleine Energieeruptionen aus den Fingern stoben. »Es ist ein Komet, glaube ich zumindest. Aber sicher sein können wir auch da nicht, weil die Leute einen sehen wollten, verstehst du?«
Be sah ihn sehr gleichmäßig an.
Das machte Nick nur noch aufgeregter. »Etwas stürzt vom Himmel. Und die Leute schauen in ihren Sternwarten zum Weltraum auf und denken *Oh, ein Komet!* Und dann ist es ein Komet, klar?«
Be sah ein wenig abwesend aus.
»An dem Abend des Absturzes habe ich *American Werewolf* gesehen. Du weißt, in dem David am Ende erschossen wird. Und ich dachte: Warum kann der nicht mal überleben? Und plötzlich hat er überlebt. Ich sage dir, der Film ging völlig anders aus als sonst immer.«
In Bes Gesicht regte sich das Begreifen.
»Du hast mir einen kleinen Brocken vom Absturzort mitgebracht, weil du ihn mir zeigen wolltest. Und *deswegen* war es ein Stück vom Kometen. Und ich wollte einen Schokotrüffel essen und da war es auf einmal ein Schokotrüffel!«
»Heilige Scheiße«, rief Be, »das Ding macht immer genau, was wir wollen.«
»Dann hatte ich das Teil im Magen. Und am Abend wollte ich, ich wäre ein Superheld!«
»Wow«, hauchte Be. »Jetzt ist mir auch klar, warum es verschwunden ist. Ich wette, das war mein Paps. Er wollte gestern Morgen Unkraut jäten und den Teich reinigen.

Also wurde aus dem Weltraumbrocken sein Garten!« Nun hielt ihn ebenfalls nichts mehr auf dem Bett.
Beide liefen aufgeregt im Zimmer auf und ab. Die Glasscherben knirschten unter ihren Schuhen und hin und wieder schlitterten ihnen die Füße bedenklich auf einem Comic weg. Aber das bemerkten sie kaum.
»Das Ding, das du verschluckt hast ... glaubst du, dass es dich wirklich vollständig verwandelt hat?«
»Wie meinst du das?«
Be kratzte sich am Ohr. »Ah. Warst du heute schon mal pinkeln?«
Das war Nick tatsächlich nicht. Und jetzt, da es ihm bewusst wurde, kam es ihm sehr merkwürdig vor. Er hatte doch ständig wie verrückt getrunken. Gut, ein Teil davon klebte nun an Sunderlands Gartenzaun. Aber er hätte auch literweise Wasser lassen müssen. Wo zum Teufel war das Zeug hin? »Nein.«
»Hast du nicht wenigstens mal nachgesehen?«
»Nachgesehen?«, fragte Nick verständnislos. Plötzlich wurde ihm klar, wovon Be sprach. Natürlich. Die ganze Schule wusste es. Es wäre ein Wunder gewesen, wenn Be es nicht mitbekommen hätte. Nick hoffte, dass man im dunklen Zimmer nicht merkte, wie er rot wurde. »Nein«, sagte er und hüstelte. »Ich habe nicht nachgeguckt.«
»Willst du nicht mal nachsehen? Ich meine, da der Komet deinen Körper komplett verwandelt hat, hat er vielleicht auch deinen ...«
»Ja, ja«, warf Nick schnell dazwischen. »Du hast ja recht. Ich sehe bei Gelegenheit mal nach.«
Be sah ihn erwartungsvoll an.
Nick wich seinem Blick aus. »Cool, wie ich Frostfeuer er-

wischt habe, was?«
Be ließ sich nicht beirren. »Willst du nicht *jetzt* mal nachsehen?«
»Ich weiß nicht. Ich muss gerade gar nicht.«
»Bist du nicht neugierig?«
»Doch«, gab Nick zu. Verflucht, und ob er neugierig war!
»Na, gut«, räumte er ein. »Aber nicht gucken!«
Nick wandte Be den Rücken zu. Er rätselte noch, ob der Dress überhaupt einen Notausgang hatte, da floss der Stoff von allein auf und gab seine Unterhose frei. Nick riskierte einen Blick.
Er verstaute alles wieder ordnungsgemäß und das Kostüm schloss sich darüber. Dann drehte er sich zu Be um.
»Und?«
»Ist okay«, sagte Nick.
Be starrte ihn an. »Okay. Aha. Bist du sicher, dass es nur okay ist? Du grinst nämlich.«
»Ich grinse gar nicht.«
»Doch. Du grinst. Wenn dein Grinsen noch breiter wäre, bräuchtest du einen zweiten Kopf.«
Nick machte einige Schritte Richtung Schreibtisch und hob einen Comic auf. Er pustete Glassplitter hinunter und entzifferte *Tales Of The Unkown #32.* Als er einen vorsichtigen Blick zur Seite warf, sah Be ihn weiterhin an. »Äh, war noch was?«
»Unglaublich, was dieses kleine Kometenbruchstück alles kann«, stieß Be hervor. »Totale Verwandlung! Wahnsinn! Ich würde das zu gerne einmal aus der Nähe ...«
»Nein!« Nick war am meisten erschrocken über die Lautstärke, mit der er das gesagt hatte. Er sah auf das Heft in der Hand. Aber dass er darin lesen wollte, kaufte er sich

nicht mal selbst ab.
Seine Gedanken glitten ab.
Er war durstig.
Furchtbar durstig.
Da war die vage Erinnerung, dass sie gerade über etwas gesprochen hatten. Etwas ganz anderes. Doch der Durst war jetzt so mächtig, dass er alle weiteren Empfindungen erstickte. Er würde, er musste trinken.
... oder sich zusammenreißen.
Er sollte gleich mal ein Getränk zu sich nehmen, was man nicht so leicht auskotzte. Vielleicht Tee in kleinen Schlucken. Bestimmt hatte er die Probleme nur, weil sein Körper sich heute so stark umstellte. So wie schwangere Frauen immer Heißhunger hatten und dann kotzten.
Er würde Be nach einem Tee fragen.
Be.
Er stand vor ihm. Und so, wie er aussah, hatte er gemerkt, dass etwas nicht stimmte.
Nick presste den Durst mit aller Macht beiseite. Er lächelte tapfer.
»Weißt du, was ich noch brauchen könnte?«
Be reagierte nicht, sah ihn nur sonderbar an, also sprach Nick einfach weiter. Schon um dem Durst zuvorzukommen, der sich bereits wieder regte. »Einen Gehilfen! Jemanden, der mit mir zusammen gegen die Schurken dieser Welt antritt. Mit dem ich Pläne schmieden und in die Jagd auf Bösewichte ziehen kann.«
»Einen Sidekick.«
»Was?«
»Einen Robin. So wie Batman Robin hat.«
Geschafft. Be war abgelenkt. Falls er Nicks kleinen Schwä-

cheanfall mitbekommen hatte, dann vergaß er ihn jetzt hoffentlich rasch. Nick konnte spüren, wie der Durst schon wieder die Oberhand gewann. Er brauchte dringend Ablenkung. Und sein Anliegen an Be war ihm durchaus ernst. Es wäre toll, wenn er nicht alleine in den Kampf gegen das Böse zöge.

Be kratzte sich erneut. »Ich weiß nicht. Ohne Superkräfte. Du hast doch gesehen, was Frostfeuer aus mir gemacht hat.«

»Wer sagt denn, dass du ohne Superkräfte auskommen müsstest?«

Be hob den Kopf.

»Du hast den kompletten Kometen im Garten! Das reicht für eine Armee von Superhelden.«

»Das ist jetzt ein *Gartenteich*. Der reicht nur für eine Armee von Mücken.«

Nick lächelte. »Weißt du, ich glaube, dass der Teich immer noch Kometenpower hat.« Der Einfall stand ihm ganz klar vor Augen. Nur Be sah ihn nicht. »Erinnerst du dich, als wir gestern gegen Frostfeuer kämpften? Du hast ihm eine Ladung Schlamm ins Gesicht geworfen und er ist verschwunden!«

Nun schien Be zu begreifen. »Ich *wollte*, dass er verschwindet! Ich habe es sogar gerufen.«

»Und er *ist* verschwunden«, bestätigte Nick.

»Verschwunden.« Be sank auf die Bettkante. Man konnte förmlich sehen, wie er abwog, ob das möglich war. Hatte er wirklich einen magischen Gartenteich hinter dem Haus? Er sah auf. »Ich werde Gartenteichschmodder essen müssen.«

Nick zuckte mit den Achseln. »Es gibt Schlimmeres.«

»Ich werde ein Superheld sein!«
»Du wirst ein Superheld sein!«
»Ich werde ein Superheld sein!« Be sprang wieder auf. Er strahlte. »Es wäre mir eine Ehre, an der Seite des großen Basaltblitz zu kämpfen!« Er reichte Nick die Hand.
Nick griff zu und Be schüttelte kräftig.
Die Hand war ganz warm.
Nick konnte fühlen, wie das Blut unter der Haut pulsierte.
Das Blut.
Blut.
Und dann schrie die Wirklichkeit gepeinigt auf, während der letzte Damm brach, der die Macht begrenzt hatte.
Bes Augenlider sanken ein Stück herab, der Blick wurde glasig.
Nick fühlte, wie er die Kontrolle verlor. Sein bewusstes Denken wurde schwerfällig, zog sich tief in den Kopf zurück und sah die Ereignisse nur noch aus einem dämmrigen Schlaf heraus.
Nick umfasste Be. Er presste die Lippen auf seinen Hals. Herrliches, pochendes, strömendes Blut war darin. Und Nick biss. Eckzähne durchstachen die Haut wie Butter. Und Blut strömte in ihn. Warm und wundervoll, der süße Kakao des Lebens. Blut legte sich samtweich auf die Zunge. Das Wasser lief ihm im Mund zusammen und mischte sich mit dem köstlichen Blut. Ein unglaubliches Hochgefühl durchströmte Nick. Es nahm den Anfang in diesem fantastischen Empfinden, strahlte in den Körper hinein und jagte Schauer durch alle Glieder. Nick schloss die Augen. Es floss ganz von selbst nach. Umfloss seine Zunge, umspülte die Zähne, rann mit Wonne den Rachen hinunter. Die feinen, blonden Härchen auf seinen Unterarmen rich-

teten sich auf. Dieses Gefühl! *Ich löse mich auf. Ich vergehe einfach vor Genuss!* Sein Herz schlug schneller.
Und er trank in gierigen Schlucken.
Be stöhnte leise.
Es hörte nicht auf. Nicks gesamter Körper kribbelte. Er saugte, leckte, schluckte. Keinen Tropfen verschwenden. Den Trunk der Götter ganz in sich aufnehmen. Blut, nur Blut, köstliches, wundervolles Blut aus unerschöpflicher Quelle.
Be sank kraftlos in Nicks Arme, doch das war egal, Nick würde ihn halten bis in alle Ewigkeit. Nur trinken, saugen, schlucken, alles in sich aufnehmen von der köstlichsten aller Freuden.
Und sein Herz pochte.
Bamm. Bamm. Bamm.
Wie Schläge an der Tür.
Nick dämmerte aus tiefer Trance herauf. Da hämmerte jemand an die Haustür. Es war tatsächlich ein Hämmern. Kein Klingeln.
Nick löste die Lippen von Bes Hals.
Die Welt schwebte leicht dahin und er fühlte sich glücklich und sehr benebelt.
Be hing ganz schlaff in seinem Griff.
Langsam stieg ein Gedanke durch den Nebel auf.
Oh Gott, warum habe ich das getan?
Das Hämmern unten wurde aggressiver, fordernder. »Machen Sie auf! Oder wir verschaffen uns Zutritt!«
Be war furchtbar blass. Sein Kopf baumelte zur Seite. *Oh nein, wie viel habe ich getrunken?*
»Ich warne Sie! Öffnen Sie die Tür, oder wir brechen sie auf!«

Nick sah gehetzt über die Schulter. Wenn da jemand einbrach, wäre er schnell die Treppe zu Bes Zimmer hinauf. Aber wer zum Teufel war das?
Nick schob den Pizzakarton mit dem Fuß beiseite und legte Be ganz sachte auf dem Bett ab. »Be? Bitte sag´ doch was.«
Unten traf ein schwerer Schlag die Tür. Die Erschütterung ließ noch hier oben alles vibrieren. *Die brechen tatsächlich ein!*
»Be. Bitte!«
Be lag dort. So zusammengesunken, als habe jeder Muskel seines Körpers den Dienst eingestellt.
Mit einem mächtigen Krachen barst die Haustür. Das Getrappel zahlreicher Schritte drang ein. »Kommen Sie raus! Wir wissen, dass Sie da sind!«
Nick stand wie gelähmt da. Was hatte er getan? Man würde ihn verhaften. Oder Schlimmeres.
Da schlug Be die Augen auf. Langsam, wie unter Drogen. Er sah Nick an. Dann hob er den Zeigefinger und tippte auf Nicks Brust.
Schritte kamen die Treppe hinauf.
» ...ist okay«, sagte Be schwach.
»Ich ... es tut mit leid.«
Die Eindringlinge erreichten das Obergeschoss. Man konnte hören, wie gegenüber eine Tür aufgerissen wurde.
Be flüsterte. »Du musst fliehen. Schnell.« Er versuchte zu lächeln.
Nick stolperte rückwärts. Be hatte recht. Wenn man ihn hier so fand ...
Er fasste sich fahrig an die Lippen und fühlte Blut.
Schritte näherten sich der Tür.

Nick lief auf das geborstene Fenster zu und sprang.
Er erwischte einen Rest der Scheibe mit der Schulter, doch das Glas zerbarst, ohne das Kostüm zu durchdringen. Für eine entsetzliche Sekunde hing er in der Luft. Er sah in die Tiefe und drohte zu stürzen. Dann spürte er den Wind in seinem Cape. Er fiel nicht. Er flog!
Nick schoss in den Himmel.
Das Haus blieb unter ihm zurück. Er sah den friedlich im Mondlicht liegenden Teich dahinter. Vor dem Gebäude standen drei schwarze Limousinen. *Das müssen die Leute sein, die Be angerufen hat. Sie werden ihn bestimmt zu einem Arzt bringen. Schon allein, damit er ihnen erzählen kann, was passiert ist.* Der letzte Gedanke versetzte Nick einen schmerzhaften Stich. *Er wird mich doch nicht verraten? Ich wünschte, ich hätte wenigstens die Zeit gehabt, es ihm zu erklären.*
Er war nun so hoch, dass die Siedlung unter ihm dalag wie Spielzeughäuser. Als ob jeden Moment eine Märklin-Eisenbahn hindurchführe. Nick blieb auf dieser Höhe und flog einen leichten Bogen.
Er fühlte sich unglaublich frei.
Der quälende Durst war verschwunden. Er hatte Blut getrunken. Das war verstörend. Und ungeheuerlich. Er musste trinken. Blut war sein Kryptonit. Aber während Superman von Kryptonit schwächer wurde, war Nick frischer denn je.
Er sprühte nur so vor Energie.
*Yeah, ich kann fliegen!*
Er ließ sich fallen. Ein Gefühl, wie auf dem Freifallturm im Phantasialand erfasste ihn. Dann fing er sich wieder auf und sauste in einem rasanten Bogen nach oben. Er war

frei!
Nein, Be würde ihn nicht verraten. *Ich habe Be das Leben gerettet. Und er hat mir das Leben gerettet. Er ist mein Freund. Er würde mich niemals verraten. Be ist klug. Er wird diesen Leuten eine Geschichte auftischen, warum er sich nicht wohl fühlt. Und er wird ihnen erzählen, dass der Komet leider schon verschwunden sei.* Wenn Nick jetzt zurückkehrte, machte er es nur schlimmer.
Er drehte einen Looping und lachte. Morgen waren die Männer in den schwarzen Limousinen weg, ganz bestimmt. Dann besuchte er Be und zusammen holten sie Matsch aus dem Garten. Ein bisschen Ketchup drauf und runter damit! Und danach beschützten sie gemeinsam als Superhelden die Menschheit.
Nick raste in die Höhe, schlug einen Bogen und sauste wieder hinunter. Der Wind flog mit seinem Lachen fort.
Es war schon spät.
Aber er flog jetzt auf keinen Fall nach Hause!
Er sah über die Siedlung hinweg in Richtung der Innenstadt. Jenseits der Vororte wurden die Häuser größer und die Lichter zahlreicher. Und Nick wollte ganz ins Zentrum von Heropolis. Er wollte wie Spiderman durch die Häuserschluchten sausen und auf dem Dach eines Taxis surfen. Und dann wollte er senkrecht aufsteigen und zu den Sternen fliegen.
Alles war möglich in dieser Nacht.
*Ich bin Basaltblitz!*
Ein kleiner, stahlgrau-roter Fleck am Nachthimmel schoss auf die Wolkenkratzer der Stadt zu.
In der Siedlung hinter ihm aber hielten mehr und mehr Fahrzeuge vor dem Haus mit dem zerstörten Fenster. Aus

schwarzen Limousinen stiegen Männer in schwarzen Anzügen und aus weißen Lieferwagen stiegen Männer in weißen Schutzanzügen.
Und tief unten erklang ein Schrei. Wie das Brüllen eines entsetzlichen, hungrigen Untiers.
Und mächtige Klauen setzten sich in Bewegung.

# Fortsetzung

Bald fliegt Basaltblitz wieder!

Du möchtest informiert werden, wenn ein neues Buch von mir erscheint?
Einfach in den Newsletter eintragen:
www.markustillmanns.de
(Hinweis: kann jederzeit wieder abbestellt werden.)

**Bisher erschienen**

**in der Reihe**

***Basaltblitz*:**

Geburt eines Helden
Monsterjagd
Blutmond

*demnächst:*
Superhelden

# ANHANG

# Danksagung

Vielen Dank, liebe Leserin, lieber Leser, für Ihr Interesse an diesem Büchlein.

Wenn es Ihnen gefallen hat, mit Nick Nieländer zu fliegen, würde ich mich freuen, wenn Sie auch andere Leser darüber informieren, indem Sie eine Rezension schreiben.

Mein besonderer Dank gilt Indra Renovstyawan für Titelillustration und Umschlaggestaltung.

## Vom gleichen Autor:

Teil I der Luzifer-Trilogie

## Teufel

Der Teufel ist hier! Luzifer offenbart sich. Und die Welt ist geblendet. Journalist Tabarie berichtet für gewöhnlich über Lokalpolitik und Kleinkriminelle. Doch nun traut er seinen Augen nicht, als der Engel der Finsternis selbst erscheint und mehr und mehr Menschen dem Bösen verfallen. Kann Tabarie den Teufel noch aufhalten?
Der Journalist ermittelt in dem verzweifelten Versuch, Satans Plan zu durchschauen.
Aber was ist es, dass die Menschen so anfällig für das Böse macht? Warum sind sie so leicht verführbar?
Ein spannender Fantasy-Thriller, der uns entführt von den Türmen des Kölner Doms bis in die Gewölbe unter dem Vatikan.
Für alle, die immer schon sehen wollten, wie die Welt zum Teufel geht ...
Erhältlich bei Amazon.

# Über den Autor

Markus Tillmanns liest auf Papier und mit E-Book-Reader. Er veröffentlichte sein erstes Buch während des Studiums der Germanistik und Philosophie. Weitere Werke in den Bereichen Fantasy, Krimi, Thriller und Sachbuch folgten. Beruflich begleitet er kleine Menschen auf dem Weg zu großen Menschen.

Kontakt zum Autor

**Homepage**
www.markustillmanns.de

**Google+**

https://plus.google.com/u/0/b/115881155006534815717/+MarkustillmannsDe/posts

**Facebook**
https://www.facebook.com/FantasyBuchWebseite

**Twitter**
*https://twitter.com/DocMatiker*

13346629R00066

Printed in Germany
by Amazon Distribution
GmbH, Leipzig